As últimas crianças de Tóquio

Yoko Tawada

As últimas crianças de Tóquio

tradução
Satomi Takano Kitahara (coord.)

todavia

Mumei estava sentado bem relaxado sobre o tatame, ainda vestido com seu pijama de seda azul. O que o fazia parecer um pintinho talvez fosse a cabeça relativamente grande para o pescoço longo e esguio. O cabelo fino como fio de seda estava úmido de suor, todo colado ao couro cabeludo. Com as pálpebras entreabertas, ele mexe a cabeça como se vasculhasse o ar, tentando captar com os tímpanos o atrito de passos firmes sobre o cascalho do lado de fora. O som aumenta cada vez mais e para de súbito. A porta de correr range ruidosamente como um trem de carga e, ao abrir os olhos, Mumei é atingido pelo sol da manhã, amarelo como um dente-de-leão derretido. O menino joga os ombros para trás, estufa o peito e, levantando os braços, gira-os para fora como se abrisse as asas.

Arqueado, sorrindo, rugas fundas ao redor dos olhos, Yoshirô se aproxima. Assim que abaixa a cabeça, erguendo o pé para descalçar o sapato, algumas gotas de suor lhe escorrem da testa.

Toda manhã Yoshirô alugava um cachorro na Cães de Aluguel, loja que ficava no cruzamento em frente ao dique, para com ele correr ao longo da margem do rio por cerca de meia hora. Quando o nível da água estava baixo, o rio fluía como uma fita prateada se estendendo ao longe. Antigamente as pessoas chamavam de jogging essa corrida sem propósito, mas em algum momento, quando os estrangeirismos começaram a perder popularidade, passaram a chamar tal prática de "pré-desmaio". No início, era uma expressão popular que fazia piada com a queda da pressão arterial provocada pela corrida. As pessoas andavam muito estressadas, corriam horas a fio em busca de alívio, mas a pressão despencava. Com o tempo, trocaram as corridas por encontros amorosos, referidos pela mesma expressão. Nunca havia passado pela cabeça da geração de Mumei que "pré-desmaio" tivesse alguma relação com romance.

Mesmo nos dias de hoje, em que os termos estrangeiros foram aposentados, palavras escritas em katakana* ainda são encontradas em abundância nas lojas de aluguel de cachorros. Quando começou a correr, Yoshirô não punha fé em sua velocidade, por isso alugou um yorkshire-terrier. Pensava que, quanto menor o cachorro, melhor, mas o cão era surpreendentemente veloz. Puxado com força, prestes a cair, Yoshirô corria esbaforido enquanto o cão às vezes olhava para trás com uma expressão triunfante do tipo "Que tal esse ritmo?". Seu focinho ligeiramente apontado para cima tinha um quê de atrevido. Na manhã seguinte, ao trocá-lo por um salsicha, acabou escolhendo um animal letárgico, sem desejo algum de correr. O cão arriou depois de duzentos metros, forçando Yoshirô a arrastá-lo, puxando-o pela guia com muita dificuldade, até voltar à locadora.

— Alguns cães não são bons para cooper, não é? — Yoshirô reclamou delicadamente ao devolver o cão.

— Cooper? Ah, caminhar, né? Rá, rá, rá — o homem que cuidava da loja se fez de desentendido. Será que ele se sente superior zombando de um velho que usa palavras obsoletas como cooper? A vida útil das palavras ficava cada vez mais curta. Não eram apenas as estrangeiras que caíam em desuso. Alguns termos, considerados antiquados, desapareciam sem deixar herdeiros.

---

* Katakana é um silabário da língua japonesa utilizado para palavras estrangeiras e onomatopeias, além de alguns nomes de animais e plantas. [N.T.]

Na semana anterior, Yoshirô havia tomado coragem para alugar um pastor-alemão. Diferentemente do salsicha, o pastor era tão bem treinado que o fez se sentir para baixo. Mesmo que, com súbita disposição, Yoshirô corresse a toda velocidade até se sentir exausto no meio do caminho e passasse a arrastar os pés para avançar, ao seu lado, o pastor-alemão mantinha seu próprio ritmo. Quando o espiava, ele o olhava de soslaio como se dissesse "Como estou? Perfeito, né?". Essa atitude desagradou Yoshirô, que decidiu não alugar mais pastores-alemães.

Assim, ele ainda não havia encontrado o cão ideal, mas, na verdade, ficava secretamente satisfeito com o próprio titubeio ao lhe perguntarem "De que tipo de cachorro você gosta?"

Quando era mais jovem, indagado a respeito de coisas como seu compositor, estilista e vinho favoritos, respondia prontamente, com orgulho. Julgava que tinha bom gosto e gastava tempo e dinheiro comprando e colecionando itens que comprovassem isso. Hoje em dia já não pensava mais em usar suas preferências como argamassa e tijolo para construir sua "individualidade". A escolha de qual sapato calçar é um problema importante, mas Yoshirô já não os escolhia pensando em afirmar sua identidade. Os sapatos Idaten que calçava naquele momento, produto recém-lançado pelas empresas Tengu, eram extremamente confortáveis e lembravam chinelos de palha. As empresas Tengu têm sede na província de Iwate, e dentro de seus sapatos vinha escrito a pincel: *Iwate ma-de*.* Esse *ma-de* é uma expressão própria da geração que deixou de aprender inglês e interpretou o *made* de *made in Japan* à sua maneira.

Nos tempos do ensino médio, sentindo certo desconforto nos pés (à época frágeis e macios, mas que cresciam sem parar, deixando para trás o restante do corpo), ele gostava dos

---

* A palavra japonesa "*ma-de*" (pronunciada ma-dei) significa "até" ou "de"; então "*Iwate ma-de*" significa "originário de Iwate". [N. E.]

sapatos de uma marca estrangeira, que envolviam seus pés com uma borracha densa e resistente. Depois de terminar a faculdade, trabalhando em uma empresa, passou a usar um sapato formal, de couro marrom, para esconder o fato de que não tinha a intenção de permanecer ali por muito tempo. Após estrear como autor, com o dinheiro dos direitos autorais da primeira obra, comprou calçados para montanhismo. Até quando ia ao correio da vizinhança, saía de casa com esses sapatos, apertando firmemente os cadarços para não tropeçar.

Foi somente após os setenta anos que seus pés encontraram a felicidade em tamancos e sandálias. Embora a chuva os molhasse e os mosquitos os picassem, olhando atentamente o dorso nu dos pés, ele pensava "esse sou eu", e aceitava silenciosamente suas inseguranças. Então surgiu a vontade de correr. Enquanto pesquisava calçados em busca de algum que se assemelhasse aos chinelos de palha, encontrou os das empresas Tengu.

* * *

Tropeçando ao tirar os sapatos ao chegar em casa, Yoshirô se apoiou no pilar da entrada e sentiu sob os dedos os veios da madeira. No tronco de uma árvore os anos ficam registrados na forma de anéis, mas, dentro de nossos corpos, como o tempo é registrado? Ele se acumula desordenadamente, sem se expandir em anéis nem se organizar em linha reta, como o interior de uma gaveta que ninguém arruma? Ao pensar nisso, Yoshirô perdeu o equilíbrio mais uma vez e fincou o pé esquerdo no chão para se firmar.

"Talvez eu ainda não seja capaz de me equilibrar em uma perna só", falou consigo mesmo em voz alta. Ao ouvir isso, franzindo os olhos e levantando levemente o nariz, Mumei perguntou:

— Bisavô, quer virar um grou?

Logo depois, a cabeça de Mumei, que oscilava de leve, como um balão, fixou-se precisamente no eixo da coluna vertebral, e seus olhos assumiram um ar travesso, doce, que invocava certa nostalgia. Yoshirô olhou com espanto para o belo rosto do bisneto, que pareceu, por um instante, o de um Jizô.* E então disse num tom intencionalmente severo:

— Você ainda está de pijama? Vá logo trocar de roupa — e abriu a gaveta da cômoda. Ali, cuecas, camisetas e uniformes escolares, que ele metodicamente dobrara e empilhara na noite anterior, antes de dormir, esperavam muito comportados pelo chamado de seu dono. Mumei sempre se preocupava, pensando que suas roupas sairiam para passear de madrugada por conta própria. Ele se angustiava imaginando que elas talvez saíssem para beber drinques, dançar em boates até a exaustão, e que voltariam para casa sujas e amarrotadas. Por isso, Yoshirô trancava as roupas na cômoda antes de dormir.

— Vista-se sozinho. Nem pense que vou te ajudar.

Depois de deixar a roupa em frente ao bisneto, Yoshirô foi ao banheiro e lavou o rosto com bastante água fria. Encarou por um momento a parede enquanto secava o rosto com uma *tenugu'i*, fina toalha japonesa de algodão. Não havia espelho. Quando teria sido a última vez que olhara seu reflexo? Apesar de não parecer, aos oitenta anos ele ainda examinava o rosto no espelho: cortava os pelos do nariz se estivessem longos; se a pele estivesse ressecada, passava creme de camélia ao redor dos olhos.

Yoshirô pendurou a *tenugu'i* no varal externo e a prendeu com um pregador. Ele já não se lembrava de quando aposentara as toalhas normais, passando a usar apenas as *tenugu'i*. Toalhas comuns, mesmo lavadas com frequência, estavam sempre em falta, não secavam a tempo. No caso das *tenugu'i*, bastava

---

* Divindade do panteão budista encarregada de proteger as crianças, sobretudo as que foram abortadas ou morreram antes de seus pais. [N.E.]

pendurá-las na varanda: elas chamavam o vento, balançavam levemente e, quando menos se esperava, estavam secas. Por muito tempo Yoshirô havia sido escravo daquelas toalhas de banho enormes e pesadas. Depois de usá-las, as enfiava na máquina de lavar com uma generosa dose de sabão, experimentando uma sensação de prazer. Lembrar disso agora chega a ser cômico. As pobres máquinas de lavar sofriam muito batendo toalhas pesadas, exauriam-se completamente, e morriam por excesso de trabalho após três anos. Um milhão de máquinas de lavar mortas já afundaram até o fundo do oceano Pacífico, tornando-se hotéis-cápsula para os peixes.

* * *

Entre o quarto de oito tatames e a cozinha, havia uma sala de piso de madeira com aproximadamente dois metros quadrados. Ali se encontravam uma mesa simples de piquenique e uma cadeira dobrável, como as usadas por pescadores. Para acentuar ainda mais o clima alegre de um passeio de verão, sobre a mesa havia uma garrafa térmica redonda com um desenho de cão-guaxinim japonês* e um vaso com um enorme dente-de-leão.

Ultimamente, tem sido vistos dentes-de-leão com pétalas de quase dez centímetros. No concurso de crisântemos organizado todo ano no centro cívico, houve alguém que expôs um dente-de-leão, gerando polêmica. Um dente-de-leão pode ser reconhecido como crisântemo? "Dentes-de-leão gigantes não passam de mutações, eles não são crisântemos", alguém criticou, mas houve opiniões divergentes alegando que "mutação" é um termo pejorativo, o que esquentou a discussão. Na verdade, o termo "mutação" quase já não era mais usado nesse contexto,

---

* *Nyctereutes procyonoides*, também conhecido como cão-mapache, ou *tanuki*, em japonês. [N. E.]

tendo sido substituído por "adaptação ambiental", expressão mais popular. Enquanto a maioria das flores-do-campo crescia cada vez mais, os dentes-de-leão, por serem miúdos, acabavam vivendo à sombra das outras espécies. Decerto eles também mudaram de tamanho para sobreviver no ambiente de hoje. Entretanto, havia também vegetais que, ao contrário, adotaram a estratégia de reduzir seu tamanho. Surgiu uma nova espécie de bambu que, embora crescesse, na melhor das hipóteses chegaria apenas ao tamanho de um dedo mindinho, recebendo o nome de *bambu-mindinho*. Com bambus tão diminutos, se a Princesa da Lua do "Conto do lenhador" descesse à terra novamente para ser encontrada brilhando dentro de um bambu, o casal de velhos responsáveis pela descoberta teria de engatinhar empunhando lupas a fim de encontrá-la.

Entre os detratores do dente-de-leão, havia aqueles que afirmavam ser o crisântemo uma flor nobre, usada em brasões de família, enquanto o dente-de-leão era apenas uma erva daninha, portanto, as duas flores não deveriam ser comparadas. Por outro lado, a ala dos defensores do dente-de-leão, composta principalmente de sindicatos de restaurantes de *lámen*, venceu seus opositores fazendo referência ao trecho de um decreto imperial que afirmava não haver "planta que mereça ser chamada de erva daninha", encerrando assim a disputa entre crisântemos e dentes-de-leão.

Sempre que via dentes-de-leão, Yoshirô se lembrava de sua infância, quando ele se deitava no campo de papo para o ar e ficava sozinho olhando o céu. O ar era morno, agradável, a vegetação, fresca. Dava para escutar o gorjeio dos pássaros ao longe. Se virasse a cabeça para o lado, veria um dente-de-leão muito próximo, florescendo pouco acima do seu campo de visão. Às vezes, Yoshirô fechava os olhos e beijava a flor, projetando os lábios como o bico de um pássaro. Depois, levantava-se afobado para se certificar de que ninguém testemunhara seu gesto.

Desde que nasceu, Mumei nunca havia brincado em um campo de verdade, nem sequer uma vez. Mesmo assim, parecia que, em sua cabeça, o menino cultivara com zelo a imagem de um campo. Há algumas semanas o garoto, repentinamente, começou a pedir:

— Compra tinta. Vamos pintar a parede.

Com dificuldade de compreender, Yoshirô retrucou:

— A parede? Mas a pintura ainda está boa.

— Vamos pintar o céu, o céu azul. Aí a gente desenha nuvens e pássaros.

— Você quer fazer um piquenique em casa?

— Ué, a gente pode fazer lá fora?

Yoshirô engoliu em seco. Dali a alguns anos, eles talvez já não pudessem mais sair de casa; teriam de se contentar com paisagens pintadas nas paredes. Fingindo uma expressão entusiasmada, Yoshirô respondeu:

— Tem razão. Vamos ver se encontramos tinta azul.

Se a ideia de prisão domiciliar não afligia o coração de Mumei, não seria ele a retirá-lo desse estado de inocência.

Com dificuldade para se sentar em cadeiras, Mumei fazia as refeições sobre o tatame, de pernas cruzadas. Comia em uma bandeja de laca com o desenho do famoso redemoinho de Naruto. Parecia brincar fazendo de conta que era um senhor feudal. Também fazia a lição de casa sentado no tatame, apoiando-se em uma mesa baixa junto à janela. Quando Yoshirô sugeria doar a mesa e as cadeiras, pouco usadas pelo bisneto, ele rejeitava veementemente a ideia. Para Mumei, por mais que cadeiras e mesas não lhe servissem como móveis, elas evocavam épocas passadas havia muito esquecidas ou terras distantes que ele provavelmente jamais visitaria.

***

Yoshirô retirou o pão de centeio de dentro do saco de papel encerado, fazendo um barulho que lembrava o som de um aguaceiro. Era um pão alemão, do tipo de Shikoku, bem tostado e pesado como granito. A casca era seca, dura e crocante, o miolo, úmido e macio. Esse pão escuro e ligeiramente ácido tinha um nome diferente: *Aachen* (escrito em caracteres chineses que significavam "falso ópio"). O proprietário da padaria dava a cada variedade de pão o nome de uma cidade alemã, que ele escrevia em caracteres chineses com pronúncia parecida. Assim, "Hanover" equivalia a algo como "a faca da tia", "Bremen" significava "macarrão mole", e Rothenberg soava como "refúgio das termas ao ar livre". O cartaz na porta da loja dizia: "Pães de todas as variedades. Para você encontrar o que mais lhe agrada". Esse slogan tão forçado dava nos nervos de Yoshirô, que, no entanto, se acalmava ao observar os grossos lóbulos das orelhas do padeiro. Ele imaginava que, se aqueles lóbulos fossem sovados e assados, teriam uma consistência deliciosa e um gosto adocicado. Esse padeiro era um "jovem idoso", expressão que antigamente faria as pessoas rirem, mas que com o tempo "pegou", tornou-se de uso corriqueiro. Hoje em dia a meia-idade começa depois dos noventa, e o padeiro tinha acabado de entrar na segunda metade da sétima década de vida.

Se é próprio do ser humano ficar enrolando na cama de manhã quando é hora de levantar, faltava humanidade a esse padeiro. Sem despertador, ele acordava todo dia às quatro da manhã, como aqueles bonecos de mola tipo *jack-in-the-box*. Depois de riscar um fósforo de palito longo para acender uma vela com dez centímetros de altura e cinco de diâmetro, fixada em um castiçal, ele entrava na cozinha iluminada por essa luz. Embora trabalhasse ali todos os dias, chegava à cozinha com um sentimento de determinação, como quando se entra em um templo pela primeira vez. Enquanto o padeiro dormia, alguém tinha deixado a massa fermentar e depois a pusera no forno. Algo da quentura ainda permanecia no ar. Ele tinha certeza de que o que tornava possível seu pão diurno era esse pão noturno invisível, que nunca seria vendido. Seu aroma e calor desapareciam em instantes, e embora ele nunca encontrasse quem preparava a massa à noite, devia ser graças a essa existência misteriosa que não se sentia sozinho durante os longos períodos de trabalho.

Porque a padaria abria cedo, às 6h15, e fechava às 18h45, suspeitava-se que seu dono já tivesse trabalhado em uma escola; mas, se o segredo fosse revelado, saberiam que ele estabelecera essa rotina apenas calculando com precisão o horário em que acordaria, às quatro da manhã, e o tempo gasto em cada etapa de trabalho. Se uma empresa decide que seus funcionários devem começar a trabalhar às 8h30, sonolentos ou não, todos têm que estar lá, mas o padeiro seguia fielmente regras criadas por ele mesmo. Nessa padaria havia apenas um funcionário, que já passara dos cem anos de idade, como Yoshirô. Ele era pequeno e tinha movimentos rápidos como os de uma doninha. Certo dia, enquanto Yoshirô observava o funcionário, o dono da padaria se aproximou e cochichou em seu ouvido:

— É meu tio. Ele próprio diz que, depois dos cem, não precisa mais descansar. Quando pergunto se não gostaria de fazer uma pausa para o chá, ele se irrita e ainda ralha comigo, dizendo que os jovens de hoje em dia passam mais tempo descansando do que trabalhando.

Assentindo vigorosamente, Yoshirô respondeu:

— Os velhos sempre reclamaram dos mais jovens, que eles consideram imprestáveis. Dizem que se queixar dos jovens faz bem para a saúde. Quando medem a pressão depois de maldizer os jovens, parece que ela está sempre mais baixa.

Olhando com inveja o rosto de Yoshirô, que era o de um verdadeiro velho e que dispensava eufemismos como "conservado" e "de meia-idade", o dono da padaria disse:

— A verdade é que, sem tomar remédio algum, a pressão arterial de meu tio é mais baixa que a minha. O senhor também parece ter a pressão bem controlada, não é? Vendo meu tio trabalhar tanto, é esquisito lembrar de uma época em que os jovens eram aposentados compulsoriamente aos sessenta anos.

— A aposentadoria compulsória era um sistema estranho, mas importante para assegurar postos de trabalho aos mais jovens.

— Eu, na verdade, também já fui pintor, e pensava com orgulho que jamais me aposentaria compulsoriamente.

— Você desistiu de pintar?

— Sim. Na verdade, eu pintava paisagens em óleo sobre tela, mas sempre aparecia algum crítico dizendo que eram os Alpes suíços, o que me preocupava. Não importava o que eu pintasse, alguém me acusaria de pintar cenários exóticos. Isso realmente me assustava. Para me proteger, assumi os negócios da família e passei a viver de pães. O próprio pão é algo que veio originalmente da Europa, mas por alguma razão essa origem estrangeira é permitida, não é?

— Antigamente as pessoas costumavam dizer "pão francês" e até "pão inglês". Isso agora soa tão nipônico, fico até nostálgico...

Yoshirô baixava a voz ao mencionar países estrangeiros. Olhando ao redor para se certificar de que ninguém os escutava, o padeiro disse:

— Na verdade, este pão antigamente era chamado de "pão alemão". Seu nome oficial agora é "pão *sanuki*". Embora "pão" também seja uma palavra de origem estrangeira...

— O pão é bom porque nos faz lembrar de países distantes. Prefiro comer arroz, mas o pão faz sonhar. Por favor, prossiga com seu bom trabalho.

— Sim, mas é um trabalho braçal muito duro. Ainda não consigo relaxar, e me preocupo com a perspectiva de desenvolver uma tendinite. Ao me deitar à noite, sinto os braços pesados. Às vezes, penso que seria mais fácil se, como um ciborgue, eu pudesse destacar os braços dos ombros para dormir.

— Há cursos que ensinam truques para relaxar, não? Outro dia vi um anúncio desses cursos, acho que eu estava no aquário. Lembrei disso porque um dos ideogramas chineses para representar o termo "tendinite" se parece com o ideograma para polvo.

— Ah, eu vi esse cartaz. "Aprenda com o polvo a ser flexível."

— Isso, isso. Eu costumava achar que se alongar para ficar flexível era bobagem, mas quem sabe o ser humano esteja evoluindo em uma direção nunca imaginada. Talvez estejamos nos movendo em direção ao polvo. Penso isso quando vejo meu bisneto.

— Daqui a cem mil anos seremos todos polvos?

— Exatamente. As pessoas costumavam ver nisso uma involução, mas talvez seja de fato uma evolução.

— Quando eu estava no ensino médio, tinha inveja de corpos como os das estátuas gregas. Eu almejava entrar na Escola de Belas-Artes, sabe? A certa altura, passei a gostar de corpos totalmente distintos, como o corpo de pássaros e polvos. Quem me dera algum dia poder captar o mundo por outra *octópica*.

— Você quer dizer outra *óptica*?

— Não, *octópica* mesmo. Eu gostaria de enxergar as coisas pela perspectiva do *Octopus*, o polvo.

***

Enquanto se lembrava da conversa com o dono da padaria, Yoshirô aqueceu o leite de soja em uma panelinha. Os dentes de Mumei eram frágeis, se o pão não fosse umedecido em algum líquido, ele não conseguiria comê-lo.

Quando viu que os dentes de leite de Mumei caíam facilmente, como sementes de uma romã aberta, manchando sua boca de sangue, Yoshirô ficou abalado. Andou certo tempo em círculos, a esmo, dentro da sala, tentando se convencer de que, afinal, dentes de leite existem para cair e serem substituídos. Aos poucos, com muito esforço, foi acalmando as ondas de angústia em seu coração. Acomodou então Mumei na garupa da bicicleta e foram ao dentista. Como não tinham consulta agendada, tiveram de esperar mais de duas horas. Na sala de espera abafada, Yoshirô cruzava e descruzava as pernas, levava dois dedos aos lábios, como se fumasse um cigarro, coçava demais as sobrancelhas e olhava repetidamente para cima, para o relógio de parede. No cômodo havia alguns modelos dentários. Fazendo de caminhão o modelo do dente de siso, Mumei colocou-o sobre o carpete vermelho e calmamente começou a empurrá-lo. Yoshirô arrepiou-se quando lhe veio à mente um mundo sem seres humanos, no qual dentes gigantes, transformados em caminhões, deslizassem pelas estradas.

Cansado de brincar com o siso tamanho família, Mumei pôs no colo um grande livro ilustrado, *As aventuras do Sr. Canino*, e começou a folheá-lo. Sentado junto do bisneto, Yoshirô espiava o livro sem saber se o lia em voz alta para Mumei ou não. Ele mesmo estava justamente escrevendo um livro infantil. Por um lado, queria escrever algo que Mumei pudesse ler; por outro, a presença de Mumei tornava mais difícil a tarefa. Tratar de forma crua os problemas cotidianos aborreceria os leitores-mirins, desejosos de encontrar nos livros soluções e alívio para as adversidades. Porém, se decidisse escrever sobre um mundo fictício ideal, talvez isso não ajudasse Mumei a transformar prontamente o mundo à sua volta.

Mumei observava o livro ilustrado com olhos úmidos e brilhantes. Além do protagonista, Sr. Canino, os demais personagens eram o Siso, o Incisivo, o Dente de Leite Cariado e o Dente de Ouro. Depois de seu dono tropeçar e cair, Canino bate no concreto, se quebra e acaba indo parar num bueiro. Ratos o encontram e a princípio não entendem o que ele é. Com o passar do tempo, tomam-no por divindade, consagrando-lhe um santuário. Adorado como um deus no mundo subterrâneo, Sr. Canino presidia sem problemas festivais para as quatro estações do ano. Certo dia, porém, durante uma inundação, a água do subsolo transbordou, arrastando o santuário dos ratos. Sr. Canino é trazido de volta à superfície. Uma criança o recolhe, coloca-o no bolso e o leva para casa. A essa altura da história, Mumei e Yoshirô foram chamados ao consultório.

Ao entrarem, sem que o dentista tivesse perguntado qualquer coisa, assim que os olhos de Yoshirô encontraram os do doutor, ainda pensando na história do livro, as palavras saltaram-lhe da boca:

— Lascou-se! — a voz de Yoshirô vacilou, tremeu. Percebendo que a frase poderia ser entendida em outro sentido, apressadamente se corrigiu: — Se lascou e caiu, o dente! — e acrescentou: — Os dentes de leite dele.

"Esse tipo de construção verbal em ordem inversa, com o sujeito no final, é um hipérbato", ele pensou. Mumei, em contrapartida, ria sozinho, porque, já conhecendo várias palavras, embora ainda não soubesse escrever quase nenhum ideograma chinês, reformulou o hipérbato à sua maneira: "Elas caíram, minhas notas".*

— Acho que é normal, dentes de leite são feitos para cair, mas como se soltaram tão facilmente, acabei entrando em pânico. Em geral, os dentes ficam agarrados, não é? O fato de eles terem caído assim... Talvez esteja me preocupando demais, não é?

---

* Utilizando-se do fato de que, na língua japonesa, a palavra "vestibular" tem pronúncia idêntica à da expressão "dente de leite" (*nyūshi*), a autora realiza aqui um jogo de palavras. [N.T.]

Enquanto Yoshirô dava essa explicação em tom de desculpa, sua voz começou a titubear. O dentista, virando o rosto quadrado, respondeu calmamente:

— A fragilidade dos dentes de leite determina também a dos permanentes.

Ao ouvir isso, Yoshirô sentiu uma grande pedra apoiada sobre o peito, mas Mumei perguntou, com o rosto radiante de um jovem cientista:

— Se vão cair de qualquer jeito, para que os dentes de leite nascem?

Depois de responder polidamente às perguntas do menino, o dentista começou a lhe examinar a boca. Após o exame, o menino agradeceu de modo educado:

— Obrigado por ter sido gentil com meus dentes.

Yoshirô não sabia quem havia ensinado o menino a falar daquele jeito que revirou o seu estômago. A formulação soava como um estrangeirismo. Era realmente estranho em uma época na qual já não se traduziam nem livros de gravuras.

Como a maioria das crianças dessa geração, Mumei tinha dificuldade para absorver cálcio. Logo que percebeu a preocupação do bisavô, assustado com a possibilidade de a humanidade se tornar banguela, Mumei disse:

— Pardais também não têm dentes e vivem bem.

Mumei conseguia ler o coração das pessoas. Yoshirô teve uma sensação ruim. O menino conseguia ler os corações como um papel escrito, nem parecia que tentava adivinhar algo. Por isso, em relação ao futuro do garoto, Yoshirô evitava pensar no pior. Mas a maré de infelicidade subia periodicamente, a despeito de sua vontade, e muitas vezes ele se angustiava sem perceber.

— Bisavô, você também não tem dentes, come bastante e está bem.

Mumei continuava a encorajar Yoshirô, cuja maré de preocupação não baixava. Ele sentia a consciência pesar ao ver a capacidade criativa do bisneto se desenvolver apenas para consolar velhos. Queria que Mumei pensasse um pouco em si mesmo, fizesse travessuras e vivesse livremente.

***

Houve uma época em que, para fazer o bisneto absorver o máximo de cálcio, Yoshirô obrigava o menino a beber meio copo de leite todas as manhãs. Com tal dieta, no entanto, só conseguiu provocar no bisneto uma diarreia. O dentista explicou que a diarreia é um mecanismo de defesa do corpo, que expulsa rapidamente aquilo que os órgãos internos identificam como tóxico. É fato bem conhecido que, além do cérebro que fica dentro da cabeça, há também, na parte inferior do corpo, um outro cérebro chamado intestino. Parece que, em caso de divergência entre esses dois cérebros, a opinião do intestino é priorizada. Por isso, o cérebro era às vezes chamado de "Senado Federal", e o intestino de "Câmara dos Deputados". Como as eleições para a Câmara dos Deputados acontecem mais amiúde, acredita-se de modo geral que esta reflete mais fielmente a opinião do povo. De maneira análoga, como o fluxo do intestino é mais rápido, acredita-se que ele reflete o estado atual do indivíduo mais precisamente do que o cérebro.

Quando ia ao dentista, Mumei não conseguia abrir bem a boca. E sempre que o dentista pedia para escancará-la, ele abria a boca e esbugalhava os olhos ao mesmo tempo. Uma vez, ao abrir a boca, sentindo que a mandíbula se desencaixaria, ele entrou em pânico e, ao fechá-la, cerrou também os olhos, dizendo:

— No fundo da minha garganta tem o planeta Terra — Mumei reclamou, abrindo bem os olhos e a boca logo em seguida. O planeta tinha aparecido certa vez em um exame de rotina com o pediatra. Ao enrolar a camisa para cima, estufando o peito, que de tão magro permitia ver as costelas, Mumei dissera com voz calma:

— Dentro do meu peito tem o planeta Terra.

Na ocasião, para disfarçar sua surpresa, Yoshirô virou o rosto, levantando o nariz e apertando os olhos, como se tentasse apreciar as árvores do jardim através da vidraça.

Pelo fato de a palavra "exame" evocar também as provas escolares, em algum momento a expressão "exame de rotina" deixou de ser usada, sendo substituída por "diagnóstico mensal". O pediatra, durante essa visita regular, examinava primeiro a língua e a garganta minuciosamente, e também os olhos, virando as pálpebras do avesso. Depois disso, observava com cuidado a pele da palma das mãos, do rosto, do pescoço e das costas. Por fim, cortava um fio de cabelo para análise e investigava com uma lanterna o interior dos ouvidos e do nariz.

Certa vez, incapaz de controlar a própria ansiedade, Yoshirô perguntou:

— O senhor está buscando alguma alteração celular?

Com um leve sorriso, o médico respondeu:

— Isso mesmo. Mas é impossível pôr as células em uma máquina para medir isso com exatidão. Se algum médico fizer essa promessa, desconfie, é provável que ele seja um charlatão. O que devemos realmente examinar é o corpo como um todo.

O pediatra se chamava dr. Satori. Ao que parece, era um parente distante do oncologista dr. Satori, que havia muito tempo tinha cuidado da mãe de Yoshirô. No entanto, apesar do sobrenome em comum, os médicos não se pareciam nem um pouco, nem na voz, nem na expressão facial. O Satori oncologista tratava os pacientes como crianças. Se um paciente lhe perguntasse algo, ele erguia a sobrancelha como se tivesse sido criticado e respondia de forma brusca e mal-humorada:

— Se você não parar de duvidar de mim e de me desobedecer, jamais ficará curado.

Já o pediatra de Mumei compartilhava generosamente seu vasto conhecimento com o menino e seu bisavô enquanto respondia às suas perguntas. Em sua linguagem não havia qualquer sinal de superioridade. Claramente ele não tinha medo das perguntas e nem mesmo de ser criticado. Embora Yoshirô soubesse disso, não fazia muitas perguntas. Até mesmo em relação ao estado de saúde de Mumei, registrado em sua ficha médica, Yoshirô apenas assentia sem fazer pergunta alguma. Caso perguntasse o significado oculto dos valores e números aferidos pelos exames, o bisavô temia descobrir que sob o nove havia sofrimento, e morte por trás do quatro.*

O resultado dos check-ups mensais era copiado à mão por assistentes e levado por mensageiros que se dirigiam a pé ao escritório central do Instituto de Pesquisa Médica Novo Japão. Após o sucesso de um mangá chamado *Correspondência da Brisa Marinha*, cujo protagonista era um mensageiro com patas de antílope que tinha o mapa de cada cidade guardado na memória, esse tipo de trabalho cativava cada vez mais o público infantil. No entanto, com a atual deterioração da força física dos jovens, esse serviço se tornava mais e mais penoso. Em um futuro próximo, provavelmente todos os jovens fariam trabalhos de escritório, e o trabalho físico seria exercido pelos velhos.

Os formulários originais sobre o estado de saúde das crianças eram manuscritos, e cada médico os escondia em algum lugar à sua escolha. O jornal às vezes publicava tirinhas que mostravam os médicos escondendo esses documentos no fundo da casinha do cachorro, ou na cozinha, dentro de uma grande panela. Ao lê-las, Yoshirô ria, mas depois começou a pensar que talvez não fossem sátira, talvez se baseassem em fatos verídicos.

---

* Os números quatro (四 *shi*) e nove (九 *ku*) na língua japonesa são, respectivamente, homófonos das palavras morte (死 *shi*) e sofrimento (苦 *ku*). [N.T.]

Como o que cada clínica entregava ao Instituto de Pesquisa Médica eram cópias de originais manuscritos, qualquer tentativa de apagar ou adulterar grandes quantidades de dados levaria muito tempo. Nesse sentido, o sistema atual era mais seguro do que os anteriores, criados pelos melhores programadores, em que a informação era digitalizada.

Agora que o adjetivo "saudável" já não se aplicava a nenhuma criança, os pediatras tiveram suas jornadas de trabalho aumentadas, tendo de enfrentar não somente a raiva e a tristeza dos pais, mas também a repressão, caso fornecessem informações a jornais ou a outros veículos de informação. Muitos padeciam de insônia e eram levados ao suicídio. Até que os pediatras decidiram primeiro criar um sindicato, reduzindo audaciosamente sua jornada laboral, recusando-se a entregar os relatórios exigidos pelo Ministério da Previdência e cortando todos os laços com os grandes laboratórios farmacêuticos.

Mumei gostava do pediatra e não tinha problema algum em se submeter aos diagnósticos mensais. Não achava ruim ir ao dentista, pelo contrário, parecia flutuar como em um dia de excursão. Quem ficava deprimido era Yoshirô. Mais que tudo, Mumei adorava se sentar na cadeira alta e conversar com o dentista. Certo dia, o doutor disse a Yoshirô:

— Não obrigue a beber leite crianças que não suportam nem o cheiro dele. Mas também não deixe aquelas que gostam do cheiro beber leite demais.

Yoshirô assentiu dizendo que já tinha ouvido tal recomendação. E o dentista, virando-se em seguida para Mumei, perguntou-lhe com voz séria:

— Você gosta de leite?

O menino respondeu sem hesitar:

— Prefiro minhocas.

Incapaz de acompanhar a linha que conectava o leite às minhocas, Yoshirô, abalado em seu íntimo, desviou o olhar para a janela, espiando o lado de fora. No entanto, o dentista, que não parecia nem um pouco perturbado, arrematou:

— É mesmo? Então você não é um bezerro, mas um filhote de passarinho. O bezerro cresce bebendo o leite da vaca, e o passarinho cresce comendo minhocas trazidas por seus pais. Mas minhocas vivem dentro da terra; se ela estiver poluída, elas serão contaminadas. É por isso que hoje os pássaros não comem muitas minhocas, o que explica o aumento delas e o fato de ser tão fácil pegá-las. Após a chuva, às vezes dá para ver muitas minhocas se contorcendo no meio da estrada. Mas é melhor não as comer, dê preferência a insetos voadores.

Seu tom de voz era indiferente, pragmático, como se estivesse ensinando a escovar os dentes. Será que o dentista, sabendo que Yoshirô era escritor e querendo competir com ele, estava elevando de propósito o nível da conversa? Ou será que, sem perceber, Mumei e o dentista já tinham se transportado para uma dimensão futura, deixando Yoshirô para trás?

Entre os dentistas, há muitos que desfrutam da hábil arte da conversação, mas provavelmente isso ocorre porque eles querem exibir seus belos dentes por mais tempo. Dizia-se que esse dentista também completaria em breve cento e cinco anos, mas, na mandíbula firme, quando ele abria a boca, brilhava muito branca uma fileira de dentes grandes e quadrados. Enquanto Yoshirô pensava secretamente que, se possível, gostaria de roubar esses dentes e presenteá-los ao bisneto, o dentista começou a falar outra vez, abrindo bem a boca.

— Há até uma teoria segundo a qual seria benéfica a absorção do cálcio dos ossos de peixes e de outros animais. No entanto, esses ossos teriam de provir de seres que tenham vivido na Terra bem antes de ela ter chegado a este grau de poluição irredutível. Por isso, há um bando de gente dizendo que basta escavar as profundezas subterrâneas em busca de ossos de dinossauros. Ouvi dizer que em Hokkaido já há lojas que vendem pó de ossos desenterrados do elefante de Naumann.

No dia seguinte, talvez por alguma coincidência, Yoshirô descobriu, colado na cerca de uma escola primária, um cartaz divulgando a palestra de um paleontólogo sobre o elefante de Naumann. O evento ocorreria no Parque Cultural. Depois de voltar para casa, ele anotou no calendário de parede: "Elefante de Naumann". Assistir a palestras era o passatempo de Yoshirô. Cada vez que passava em frente ao calendário, Mumei era fortemente atraído pela expressão "Elefante de Naumann", piscando sem parar. Parecia até que as próprias palavras eram animais e que, se ele as fitasse, começariam a se mover a qualquer momento. Para desfazer o feitiço que prendia o bisneto nesse lugar, Yoshirô disse:

— O elefante de Naumann viveu há quinhentos mil anos. Ouvi dizer que um professor universitário virá falar sobre esse animal. Vamos ver?

Ao ouvir isso, o rosto de Mumei se iluminou. Ele então gritou "Estou no céu!", ergueu as mãos e deu um salto. Na época Yoshirô se surpreendeu, mas depois o salto do bisneto se apagou de sua memória.

Não foi apenas o elefante de Naumann que enfeitiçou Mumei. Fosse garça ou tartaruga marinha, quando o garoto lia ou ouvia esses nomes de animais, ficava hipnotizado. Talvez imaginasse que aqueles bichos saltariam de dentro das palavras.

Yoshirô pensava que, se em vez dos nomes, os próprios animais surgissem diante de seus olhos, uma chama se acenderia no coração de Mumei, enchendo-o de felicidade. No entanto, havia muito tempo que avistar animais selvagens neste país tinha se tornado algo raro. Quando estudante, Yoshirô tivera a oportunidade de guiar por alguns dias uma mulher oriunda da cidade de Mettmann, na Alemanha. Eles viajaram de Tóquio a Kyoto, passando por Nakasendo. Nessa ocasião, Yoshirô levou um susto quando a mulher lhe disse:

— Os únicos animais selvagens existentes no Japão são corvos e aranhas.

Desde que o país começou sua política de isolamento, desapareceram os visitantes de lugares remotos que acordavam os japoneses com comentários contundentes desse tipo. Todas as vezes que Yoshirô pensava em animais, lembrava-se dessa mulher. Seu nome era Hildegard. Ambos tinham a mesma idade. Mesmo agora, às vezes, Yoshirô escutava a voz dela:

— Alô, Yo-shi-rô?

Mesmo agora, quando já não havia telefones, após um breve ruído eletrônico, às vezes ele escutava um "Alô?" e um "Yo-shi-rô?", ditos com uma entonação ascendente e um sotaque peculiar que ainda reverberavam em seus ouvidos. Após o "Yo" havia uma pausa, o "shi" era forçado, elevando o tom, e seu "rô", embora breve e inacabado, soava como um gesto acolhedor.

Depois disso, os dois titubeavam em inglês. Yoshirô fazia perguntas simples, uma atrás da outra, como "O que você comeu hoje?", "Onde compra legumes?", "As crianças pequenas na Alemanha gostam de brincar ao ar livre?". O meio ambiente na Alemanha também teria se degradado como no Japão ou permaneceria preservado como antigamente? Seriam saudáveis os netos e bisnetos de Hildegard? Yoshirô ansiava por respostas. Quando Hildegard respondeu que estava cozinhando vagens com ervas da própria horta, Yoshirô teve a impressão de sentir o aroma que subia da panela. Porém, a voz imaginária ao telefone logo se tornava baixa e inaudível, de modo que ele já não sabia se Hildegard de fato dissera aquilo ou se tudo não passava de uma alucinação. De todo modo, se fechasse os olhos, podia enxergar a cena: os bisnetos de Hildegard correndo no jardim, pulando sobre lagos, ficando na ponta dos pés para colher maçãs da árvore e mordê-las com dentes brancos e fortes, sem se preocupar em lavar as frutas azedas e possivelmente tomadas por vermes. Depois de comer, eles ficariam na dúvida entre colher flores no campo ou observar os peixes no riacho.

Yoshirô tinha vontade de visitar Hildegard ao menos uma vez na Alemanha, mas todas as rotas do Japão ao exterior haviam sido interrompidas. Talvez por isso a sola de seus pés perdera a sensação de que a Terra era redonda. A existência de uma esfera viajável se encontrava apenas no interior de sua cabeça. Não havia outra maneira de viajar para o lado oposto do globo senão percorrendo as linhas curvas dentro da própria cabeça.

Yoshirô tentou imaginar-se enchendo sua pequena mala com roupas e itens de higiene pessoal, baldeando entre trens e ônibus, indo ao aeroporto de Narita.

Havia anos que não pisava em Shinjuku, como estaria o local? Os outdoors muito chamativos ocultariam as ruínas; os sinais de trânsito passariam de verde a vermelho regularmente, mesmo em ruas sem carros; portas automáticas continuariam abrindo e fechando para funcionários inexistentes, reagindo, quem sabe, aos grandes galhos das árvores curvados pelo vento nas alamedas. Nos restaurantes, restaria o cheiro de cigarros extintos, congelado no silêncio cor de mercúrio. Mesa após mesa, nos bares de cada andar do prédio comercial, clientes-fantasma comeriam e beberiam à vontade, fazendo algazarra. Os juros de agiotas enferrujariam sem candidatos a empréstimo; haveria montes de roupas íntimas cheias de umidade e bolor, sem fregueses para as liquidações; nas vitrines a água da chuva cobriria de mofo as bolsas; um rato cochilaria tranquilamente dentro de uma bota de salto alto. Pelas rachaduras no asfalto brotaria uma bolsa-de-pastor,* cujo caule

---

* Árvore pertencente à família das crucíferas (*Capsella bursa-pastoris*) usada como alimento e erva medicinal. [N. E.]

alcançaria dois metros de altura, apontando diretamente para o céu. Com o desaparecimento das pessoas no centro da cidade, a cerejeira na beira da estrada, outrora tímida e esguia como uma vassoura, teria agora o tronco grosso e ramas lançadas em todas as direções, balançando a copa verdejante e volumosa de um lado para outro.

Yoshirô imaginou-se pegando o Narita Express vazio, da estação de Shinjuku até o aeroporto. Na verdade, os trens comuns para o aeroporto já não existiam. Tampouco se viam passageiros no Narita Express, que costumava vender sua velocidade a um alto preço em anúncios singulares, escritos em katakana, nem se viam pessoas tomando café expresso. No terminal do aeroporto não havia ninguém no posto de controle, dispensando os passageiros de apresentar o passaporte.

Uma placa com a palavra TERMINAL escrita em caracteres chineses jazia encostada na parede. Ao subir os degraus rangentes da escada rolante totalmente parada, Yoshirô encontrou os balcões de check-in desertos. Acima deles pendia uma grande teia de aranha como um guarda-chuva. Ao se deter, percebeu uma aranha do tamanho da sua palma à espreita, imóvel na extremidade da teia, esperando sua presa. As chamativas listras nas costas da aranha eram, de cima para baixo, pretas, vermelhas e amarelas. Yoshirô se deu conta de que talvez a aranha tivesse essa combinação cromática por estar no local de onde partiam os voos para a Alemanha. Olhando cautelosamente para o balcão vizinho, notou uma aranha com um padrão de listras vermelho, branco e azul, e uma terceira, vermelha com uma estampa cravejada de estrelas.

Por alguma razão, nessa altura, Yoshirô conseguiu visualizar claramente o estado do aeroporto. Mesmo tentando evitá-las, as imagens entravam em seu cérebro sem permissão, importunando-o: *transforme-nos em romance, escreva!* Entretanto, era perigoso escrever sobre um aeroporto aonde ninguém mais ia. E se algum segredo de Estado estivesse escondido ali e houvesse um plano engenhoso para que ninguém mais chegasse até ele? Yoshirô não tinha nenhuma intenção de se infiltrar ardilosamente em um local proibido a fim de desenterrar segredos. Contudo, no caso de ele apresentar uma obra descrevendo meticulosamente o aeroporto de seus devaneios e, por acidente, ela coincidisse com a realidade, Yoshirô poderia ser detido sob falsas acusações, como se tivesse vazado segredos de Estado. Provar em um tribunal que tudo não passara de fantasia seria dificílimo. E será que o julgamento seria feito de forma justa?

Embora não sentisse medo algum ao se imaginar sendo preso, Yoshirô se preocupava ao pensar em Mumei. Sozinho, como ele se viraria? Definitivamente, não queria assumir esse risco.

***

Quantos anos haviam decorrido desde que deixara de se importar com o fato de não ver outros animais além dos cachorros de aluguel e dos cadáveres de gatos? Algumas pessoas criavam coelhos secretamente e faziam parte de uma organização chamada Clube do Coelho. Entre seus parentes, no entanto, não havia pessoas desse clube, de modo que não era nem mesmo possível mostrar um coelho a Mumei.

— Mumei, você quer ser zoólogo?

Yoshirô acabava fazendo esse tipo de pergunta ao ver Mumei desenhando entusiasticamente uma zebra enquanto olhava o *Guia ilustrado dos animais*. Chegava a sonhar que Mumei não apenas se tornava professor de zoologia, mas que até viajava observando animais selvagens, fazendo fama como escritor de ensaios. No entanto, logo sumia o sorriso que lhe abrandava o olhar após esses sonhos.

***

Yoshirô entrou no banheiro e sentou-se na privada, imaginando o colossal traseiro do elefante de Naumann. Em seguida, imaginou Mumei examinando com uma lupa a poça d'água deixada pela pegada do animal. Então, aparentando irritação, puxou abruptamente o papel higiênico. Yoshirô costumava guardar em uma caixa de madeira recortes de jornal cuidadosamente dobrados para servir de papel higiênico. Ele se arrepiava só de imaginar a política grudada em suas nádegas, mas se confortava porque nelas os escritos decalcados se invertiam, e ele pensava: *bem feito!* Sob seu traseiro, a política de situação se transformava em seu "contrário", virava uma política de "oposição".

Embora tenha havido um período em que guardava os recortes sempre que via um artigo relacionado à saúde infantil, não sabia havia quanto tempo acabara abandonando também esse hábito. Na prática, ele não relia os artigos, mas a coleção continuou crescendo até que começou a tomar conta das estantes, oprimindo as paredes. Fazia muito tempo, Yoshirô vivia segundo a regra de que "não se descarta nada sem motivo". À medida que a vida em moradias temporárias se prolongava, ele passou a seguir a nova regra de jogar fora tudo aquilo que não se usou nos últimos seis meses.

Havia também outro motivo pelo qual ele abrira mão dos antigos artigos de jornal. As informações sobre saúde das crianças eram mais inconstantes que o outono ou o coração dos homens. Assim que se publicava um artigo sobre os "benefícios de acordar cedo", dias depois saía outro afirmando que "crescem mais as crianças que dormem até tarde". Tais artigos saltavam aos olhos, com manchetes em letras garrafais. Se outro artigo anunciava que "Crianças que beliscam entre as refeições não têm apetite", logo em seguida saía uma coluna afirmando que "Crianças privadas de doces desenvolvem personalidade melancólica". Mal saía a recomendação de um especialista aconselhando a "estimular a criança a caminhar", logo aparecia a história de crianças cujos joelhos tinham sofrido desgaste ósseo por terem sido forçadas a andar demais. Incapaz de prever que tipo de destino aguardava Mumei no futuro, Yoshirô mantinha os olhos bem abertos, vivendo intensamente cada dia e torcendo para que o presente não desabasse sob seus pés.

***

Na cozinha, a panela brilhava orgulhosamente. Não era uma panela de qualidade particularmente alta, por que brilhava assim? Por vezes, observando-a de soslaio, Yoshirô cortava com vigor e exatidão uma laranja ao meio, usando sua grande faca de legumes. Da faca também emanava uma luz, mas sem nenhuma partícula de orgulho. Foi graças ao padeiro que adquiriu essa faca afiada. Por meio dele soubera que, na semana seguinte ao momento em que conversavam, numa livraria próxima, um conhecido venderia essas excelentes facas. Quando Yoshirô perguntou o porquê de se venderem facas numa livraria, o padeiro respondeu que, devido ao sucesso da autobiografia do fabricante dessas facas, resolveram aproveitar a sessão de autógrafos do livro para também vender as facas.

— Gravado no cabo das facas lê-se "Tosa Inu", mas não vá pensando em cachorros com o pelo tosado — informou o padeiro rindo. Parece que "Tosa" era mesmo apenas o nome da marca. Quando Yoshirô chegou à livraria, na manhã do lançamento, já havia uma fila de cerca de cinquenta pessoas. Fazia realmente muito tempo que Yoshirô não se sentia tão animado ao entrar numa fila. Por fim chegou sua vez. Comprou o combo de livro e faca e, enquanto esperava o autógrafo, perguntou:

— O senhor está em turnê por todo o país?

— Não. Dessa vez estarei apenas na província de Hyogo e no Extremo Oeste de Tóquio.

Yoshirô se deu conta de que essas redondezas eram chamadas pelos forasteiros de "Extremo Oeste de Tóquio", evocando um lugar longínquo e exótico, como quando se ouvia falar em "Oriente Próximo" e "Oriente Médio", expressões que caíram em desuso. O mestre cuteleiro não deu mostras de ter notado a reação de Yoshirô à expressão "Extremo Oeste de Tóquio".

— Embora valesse muito mais a pena fazer lançamentos em Hokkaido e em Tohoku, né? Venderíamos bem mais, pois lá as condições econômicas são melhores. De qualquer forma, como é muito distante... Houve uma época em que eu ia até Nova York vender minhas facas e não achava longe... Distância é uma coisa relativa, não é?

No momento em que pronunciou "Nova York", sua voz se reduziu a um sussurro rouco. Embora não se soubesse de punições por infringir a estranha lei que proibia mencionar o nome de cidades estrangeiras, todos se abstinham de pronunciá-los. Não havia nada mais aterrorizante do que uma lei em vigor mas jamais aplicada. Se quisessem prender alguém, bastaria invocar de repente a norma que todos vinham infringindo sem se preocupar.

Yoshirô ficou satisfeito por ter comprado a faca, mas, mesmo se empenhando pacientemente, não conseguiu avançar em relação à autobiografia. Desistiu na metade do livro, típico dramalhão sobre um empresário de sucesso. No entanto, mesmo em uma obra tediosa como aquela, um trecho se destacava. Era a passagem em que o autor acordava antes do alvorecer, acendia uma vela e se dirigia ao local de trabalho ainda meio sonolento, sem saber de si. Sendo o mestre cuteleiro uma pessoa de hábitos noturnos, acordar cedo era difícil, mas ele cumpria à risca a regra de sempre sair da cama antes de o sol raiar.

Não havia nenhuma explicação sobre a origem desse preceito. Viria de alguma religião? Da tradição dos cuteleiros? Da cultura familiar, talvez? Em vez de explicar tais coisas, o livro fornecia informações estranhamente detalhadas sobre as dimensões da vela, que media dez centímetros de altura por cinco de diâmetro.

Yoshirô ficou em dúvida sobre a razão de o padeiro conhecer um fabricante de facas em Shikoku. Assim que voltou à padaria, perguntou-lhe casualmente:

— O senhor já morou em Shikoku? — ao que o homem logo respondeu:

— Na verdade, fui a Shikoku pesquisar a origem do pão de Sanuki.

A despeito da curiosidade de Yoshirô, desejoso de conhecer detalhes dessa viagem, o padeiro, normalmente tagarela, virou o rosto com indiferença e retornou ao trabalho.

***

Yoshirô ficou satisfeito com a compra. Ao segurar a faca, sentiu pulsar em sua palma um segundo coração. A despeito das críticas ao excesso de entusiasmo para cortar frutas, dali por diante Yoshirô deixava a carne e o peixe de lado, escolhendo a laranja como adversária na séria batalha para testar o fio da faca. Como um samurai antes da guerra, imbuído do firme propósito de dar a Mumei o precioso sumo das profundezas da fruta, de suas densas fibras, Yoshirô tremia euforicamente.

Ó impudente casca de laranja! Ó branca luva de tenaz nobreza cítrica que envolve os gomos internos! Ó gomos que se retraem para reter o sumo! Meu amado bisneto é impedido de saborear a doçura desse sumo guardado sob tantas camadas!

Não eram somente as frutas. Repolhos e bardanas também erguiam barricadas de finas fibras, como a dizer que não se deixariam devorar com facilidade. À primeira vista, os vegetais pareciam calmos, mas resistiam com teimosia, sem ceder um passo sequer. Ele odiava isso. A faca cortava facilmente, sem hesitar e sem se deter, dirigindo-se ao seu objetivo. Não pela força com que a manejavam, mas por não apresentar indecisões desnecessárias, a faca seguia cortando com sua lâmina fina e afiada.

Mumei, espere por mim! Deixe seu bisavô abrir o caminho para a vida na selva de fibras vegetais que os seus dentes não conseguem cortar. Eu serei seus dentes. Absorva mais e mais o sol em seu corpo, Mumei! Faça de conta que você é um tubarão com uma fileira de formidáveis dentes na boca. Dentes tão grandes e afiados que só de serem vistos já afugentam. Sua saliva será a maré alta, cujas ondas quebrarão no litoral dos lábios. Você conseguirá engolir até mesmo a Terra inteira, pois os músculos de sua garganta são muito fortes. Seu estômago é uma piscina coberta, cheia de suco gástrico. Como o teto é feito de vidro, o sol submerge completamente no suco gástrico. À diferença de outros planetas, a Terra é abençoada com a luz do Sol todos os dias. Graças ao senhor Sol, este planeta foi povoado por muitas formas estranhas. Mesmo hoje, seres como águas-vivas, polvos, lagartos-de-gola, caranguejos, rinocerontes e seres humanos continuam em constante metamorfose.

De um feto parecido com uma fava sai um broto que se abre em forma de coração; girinos em forma de notas musicais tornam-se sapos como os tambores de madeira dos templos budistas; lagartas se tornam borboletas, e recém-nascidos cheios de pregas transformam-se em velhos enrugados. Nas últimas décadas, muitos seres se extinguiram, mas mesmo assim a Terra continua a ser morna e clara.

Enquanto falava com seus botões, murmurando frases que jamais poderia dizer em voz alta, Yoshirô segurava a faca de diferentes maneiras até encontrar a empunhadura certa. Cortou a laranja exatamente ao meio, espremeu-a e fez um suco para Mumei. Às vezes Yoshirô oferecia ao neto frutas descascadas e picadas na esperança de que ele as comesse, mas o esforço da mastigação acabava atrasando a chegada do menino à escola. Para beber um suco, o que tampouco era fácil para ele, Mumei gastava em torno de quinze minutos. Esforçava-se para engolir o líquido, laboriosamente fazendo subir e descer como um elevador os músculos da garganta, enquanto revirava os olhos negros. Por vezes, o líquido refluía e lhe queimava a garganta. Ou ao descer entrava pela traqueia, provocando um violento acesso de tosse. Uma vez iniciados, tais acessos dificilmente cessavam.

— Mumei, tudo bem? Está doendo? Consegue respirar? — Yoshirô perguntava com os olhos cheios de lágrimas. Dava tapinhas nas costas de Mumei, abraçava a cabeça do bisneto, pressionando-a contra seu peito. Mesmo parecendo sofrer, Mumei mantinha a calma de alguma forma. Tal qual o mar que acolhe a tempestade sem oferecer resistência, o menino esperava a crise passar.

Quando a tosse parava, Mumei, com expressão plácida, como se nada tivesse acontecido, voltava a beber o suco. Ao ver o rosto de Yoshirô, o menino perguntava surpreso:

— Bisavô, tá tudo bem?

Ele parecia não entender o significado da palavra "sofrimento". Quando a tosse vinha, tossia; quando a comida subia pelo seu esôfago, apenas vomitava. Naturalmente, sentia dor, mas era uma dor pura, que não vinha acompanhada de queixas tais como "Por que sou o único a sofrer desse modo?", com as quais Yoshirô estava familiarizado. Talvez isso fosse um tesouro concedido à geração de Mumei. Ele não conhecia a autopiedade.

Quando Yoshirô era criança, bastava contrair um resfriado e ter febre para que sua mãe cuidasse dele como um bebê. O sentimento de autopiedade invadia seu corpo de forma doce, calorosa e deliciosamente triste. Depois de adulto, passou a entender que, se adoecesse, poderia faltar tranquilamente à empresa na qual era obrigado a comparecer, mesmo quando não estava disposto, e passar o tempo embaixo das cobertas lendo romances, absorto em pensamentos variados. Ele sabia como arrumar uma gripe com facilidade. Bastava reduzir o tempo de sono. Além disso, caso se curasse com remédios, certamente conseguiria contrair outra gripe alguns meses mais tarde. Por fim, ele percebeu que o que desejava, na verdade, era deixar a empresa, não contrair gripe.

Felizmente, Mumei não fazia ideia do que era o deplorável vício adulto de se agarrar à própria doença. Assim, caso continuasse a crescer desse modo, sem saúde, mas também sem se aproveitar da doença para obter vantagens das pessoas à sua volta, sem se considerar um coitado, talvez continuasse a viver confortavelmente até o momento de morrer.

Noventa por cento das crianças de agora tinham febres baixas como companhia constante. Mumei também vivia em estado febril. Caso os adultos verificassem diariamente a temperatura das crianças, elas ficariam ansiosas, por isso, os colégios distribuíram um panfleto desaconselhando o uso frequente dos termômetros. Se comentassem: "Hoje você está com febre, não é mesmo?", as crianças começariam a sentir o corpo lânguido e entorpecido. Se cada vez que tivessem febre as crianças fossem proibidas de ir à escola, provavelmente muitas delas ficariam em casa a maior parte do tempo. Melhor que fossem à aula mesmo doentes, pois em todas as escolas havia ao menos um médico de plantão. Há muito já se desaconselhava o uso de antitérmicos, pois "a febre é uma reação de defesa para eliminar as bactérias", mas a orientação para "não aferir a temperatura" era relativamente recente.

Com Mumei, Yoshirô enterrou seus termômetros no "Cemitério de Coisas", um cemitério público em que qualquer um podia se livrar respeitosamente das coisas que já não queria.

Havia objetos que, mesmo sepultados, retornavam à superfície, ainda apegados a seus donos. Assim, no dia em que Yoshirô e Mumei foram ao cemitério, sobre a terra revolvida, metade de uma bandana branca com o desenho do sol vermelho esvoaçava ao vento. Yoshirô tentou imaginar quem teria sido seu dono. Pertencera a um estudante de ensino médio que a enterrara ao terminar os estudos para o vestibular? Ou a um jovem que abandonara um grupo de extrema direita? Do chão, emergia também a perna de um urso de pelúcia.

Será que esse urso também desejava voltar? Mumei também parecia imaginar os vários objetos ali enterrados. Uma tesoura de jardinagem quebrada convertida em um par de girinos; um sapato que, de tanto uso, ficara com a sola fina como papel; um pequeno tambor rasgado, as alianças de um casal que se divorciara; uma caneta-tinteiro com a ponta torta, um mapa-múndi.

Yoshirô também viera enterrar um romance que começara a escrever. Ele pensou em queimá-lo no jardim de casa, mas não pôde riscar o fósforo, pois as labaredas lhe pareceram cruéis. Todo mundo tinha coisas a descartar que, por razões individuais, poderiam ser incineradas ou não. O romance de Yoshirô chamava-se *Ken-to-shi, o emissário enviado à China*; foi a primeira e última obra histórica que Yoshirô se empenhara em compor. No entanto, após ter escrito boa parte dela, percebeu que havia utilizado nomes de locais estrangeiros em demasia. Tais nomes irrigavam a obra como capilares sanguíneos, dividindo-se em ramos cada vez menores, projetando raízes, razão pela qual era impossível simplesmente suprimi-los. Para sua segurança, não tinha outra saída a não ser descartar o livro; como queimá-lo era muito doloroso, ele o enterrou.

***

Sob o gume das lâminas de cerâmica branca, o suco alaranjado fluía. Nem sangue nem lágrimas, Yoshirô gostaria de viver todos os dias fazendo fluir abundantemente o suco de laranja. A alegria embutida na cor, o calor, a acidez que faz o corpo estremecer, a doçura: Yoshirô queria sentir em seu intestino o sol reunindo todos esses elementos.

Cuidando para não desperdiçar nenhuma gota, Yoshirô transferiu o suco para o copo, segurou com a mão direita as metades da laranja já quase sem líquido e, usando toda a força, espremeu-as até o fim.

Quando Mumei perguntou a ele por que também não bebia, Yoshirô respondeu:

— Só consegui comprar uma laranja. Com todo um futuro pela frente, as crianças têm prioridade.

— Mas, mesmo que as crianças morram, os adultos continuarão a viver. Se eles morressem, as crianças não sobreviveriam — disse Mumei como se cantasse, e Yoshirô emudeceu.

Cada vez que Yoshirô tentava imaginar como seria a vida de Mumei depois de sua própria morte, dava de cara com um muro. Para um velho centenário, o tempo após a morte era inimaginável. Abençoados com corpos inaptos para a morte, os velhos eram forçados a suportar o terrível fardo que é testemunhar o fim dos bisnetos.

Quem sabe se, antes disso, a geração de Mumei seria capaz de construir uma nova civilização a ser deixada para os mais velhos… Desde seu nascimento Mumei parecia dotado de uma misteriosa sabedoria. Um novo tipo de sabedoria que Yoshirô não havia observado em outras crianças até então.

Quando sua filha Amana tinha a idade de Mumei, se Yoshirô não trancasse a caixa de doces, ela comeria um pacote de biscoitos todinho ou uma barra de chocolate inteira. Quando o pai a repreendia, logo começava uma discussão.

— Não pode comer tudo de uma vez!

— Por quê?
— Vai fazer mal para a saúde.
— Por quê?
— Porque vai estragar seu apetite: você não vai conseguir comer outras coisas e ficará desnutrida.
— Se eu me alimentar direitinho, posso comer quantos doces eu quiser?
— Claro que não!
— Por quê?

Houve vezes em que, cansado desse interminável vaivém de perguntas e respostas, Yoshirô gritava aos berros: "Se eu falei não é *não*!", embora ele não quisesse impor sua autoridade de pai. Da boca da filha, desde que começara a falar, transbordavam ininterruptamente frases como *quero isso, quero aquilo*.

Em uma luta justa e democrática, os pais seriam derrotados pelos filhos. Yoshirô pensava que a função do autoritarismo era proteger esses seres vivos estúpidos e vulneráveis chamados "pais".

Não havia limites para os desejos de sua filha. Com doces, continuava comendo até passar mal; com brinquedos, não se movia da frente da loja até que fossem comprados. Chegava até a tomar os doces e brinquedos das mãos das outras crianças, obrigando Yoshirô a intervir. À filha cabia o papel de pôr os outros à mercê de suas vontades, ao pai, o de impedi-la. Enquanto Amana era pequena, Yoshirô até conseguia tolerar essa divisão de papéis. Porém, dia após dia, a voz da menina ganhava força, seu vocabulário aumentava e sua argumentação ficava mais ardilosa. Se ele chamasse uma vez sua atenção, ela respondia dez vezes, arremessando as palavras como flechas afiadas. Perfurado pela ponta das setas, com o sangue a escorrer, ele pensava que não seria mau se ela tivesse uma dor de barriga de tanto comer sorvete, mas em nenhum momento desistia de lhe passar ensinamentos úteis. Se ela seguisse seus conselhos, evitaria experiências dolorosas, mas por tolice se rebelava, frustrando Yoshirô.

Com Mumei, a situação era totalmente diversa: ele não comia demais nem colocava na boca coisas que não devia, mas, por outro lado, não havia mais nada que Yoshirô pudesse lhe ensinar sobre a vida. Pensando nisso, o bisavô se sentia impotente e, num gesto de desespero, esfregava repetidamente os olhos com os punhos cerrados.

Quando seu neto Tomo ainda era um menino de colo, pequeno o bastante para ser erguido com facilidade, Yoshirô ansiava pelo dia em que poderia lhe dar dicas úteis sobre como dirigir um carro. A sociedade costuma pensar que escritores têm boa capacidade imaginativa, mas nunca nem lhe passara pela cabeça que um dia os automóveis deixariam de existir.

Pensando no futuro do neto, que detestava estudar, Yoshirô presenteou-o com uma poupança com saldo suficiente para custear três anos de um curso profissionalizante; contudo, Tomo sorrateiramente fechou a conta, sacou o dinheiro, encheu uma mochila com ele e fugiu de casa como um ladrão. Quando Yoshirô ficou sabendo do saque pelo extrato bancário, seu sangue entrou em ebulição. No entanto, passado um mês, os grandes bancos declararam falência um após o outro. Os correntistas perderam todas as economias e não lhes restou nada a que se agarrar além do vago boato de que um dia o dinheiro seria devolvido. Bufando de raiva, com o rosto afogueado, os correntistas invadiam as agências bancárias deparando-se com uma fila de homens de terno à entrada, que se desculpavam sinceramente, curvando-se, encharcados de suor. Os funcionários do banco pediam perdão e abaixavam as cabeças enquanto eram vaiados. Eles morriam de calor, tomavam chuva no fim da tarde, eram picados por mosquitos à noite e continuavam a se desculpar. Vendo-os, alguns clientes aplacavam provisoriamente a fúria e iam embora. No entanto, segundo uma reportagem de jornal, tais pessoas eram contratadas apenas para abaixar a cabeça em uma posição temporária como "pedidores de desculpas".

Enfim, o neto, que desde o início não acreditava em bancos, tivera uma visão mais clara da situação econômica do que o avô, que acreditava piamente que uma caderneta de poupança tornava a vida mais estável. O mesmo aconteceu com os cursos profissionalizantes. Alguns anos depois de Tomo ter desistido deles, Yoshirô leu no jornal o artigo de um crítico dizendo o seguinte:

As escolas técnicas certamente lucram com as mensalidades, mas os alunos que elas formam ou não encontram emprego ou então se vendem por baixos salários. É preciso desconfiar daquelas profissões de nomes extravagantes que não existiam até pouco tempo atrás. Os próprios alunos e seus pais estão convencidos de que o fato de serem aceitos como alunos é uma prova de reconhecimento dos seus talentos, por isso pagam as mensalidades com gosto. Pagam alegremente, pois quanto mais cara a mensalidade, mais sentem crescer seu próprio valor. Tanto os pais quanto os filhos querem se exibir, receando ser vistos como desocupados. Recentemente, vem crescendo o número de cursos profissionalizantes mal-intencionados que tiram proveito dessa mentalidade. Esqueceram que a formação profissional deve ser gratuita?

Entretanto, bem antes do renomado crítico escrever esse artigo tão persuasivo, um jovem delinquente já tinha saído de casa sem depositar confiança em contas bancárias nem em escolas técnicas.

Só restava a Yoshirô admitir que aquilo que havia ensinado ao neto estava errado. Ele tinha lembrança de ter dito a Tomo:

— Se você tiver um terreno em um bairro nobre de Tóquio, no futuro ele será muito valorizado. Não há nada mais confiável que bens imobiliários.

Contudo, todos os vinte e três distritos de Tóquio, incluindo a área nobre, foram designados como "zonas nas quais residir longamente pode trazer riscos à saúde", e tanto os terrenos quanto as casas se desvalorizaram. Embora separadamente a água, o ar, a radiação solar e os alimentos não oferecessem risco, a exposição por um longo período a essas condições ambientais associadas tinha efeitos nocivos. A medição de cada fator era feita de modo independente, mas o ser humano se expunha a eles de forma integrada. Assim, apesar de os vinte e três distritos não serem considerados perigosos, cresceu o número de pessoas que desistiram de viver em qualquer um deles. Mesmo assim, elas não queriam ir muito longe e nem para perto do mar, também perigoso; por isso houve um crescimento da procura pelas regiões entre Okutama e Nagano. A esposa de Yoshirô, Marika, não foi a única a abandonar a casa e o terreno que herdara no centro de Tóquio por não conseguir encontrar um comprador.

Yoshirô julgava que a pretensão de legar aos descendentes bens e sabedoria não passava de mera arrogância. Tudo o que podia fazer agora era viver com seu bisneto. Para tanto, precisava de mente e corpo flexíveis. Precisava ter coragem para duvidar até das coisas em que acreditara por mais de um século. Desprezando seu orgulho como uma jaqueta velha, ele teria que andar por aí em mangas de camisa. Se sentisse frio, em vez de comprar uma jaqueta nova, seria melhor pensar em maneiras de fazer crescer sobre seu corpo uma espessa pelagem, como a de um urso. Yoshirô cerrava os punhos várias vezes, com ar resoluto, pensando que, na verdade, ele não era um velho, mas alguém que, tendo passado dos cem anos, havia se transformado em uma nova espécie de ser humano.

* * *

Yoshirô ouviu o baque surdo do jornal lançado à porta. Toda manhã, ao ouvir esse som, corria para fora, mas por mais rápido que fosse, a entregadora já estaria distante: suas costas afastando-se equivaliam ao tamanho de um dedo médio. Ela tinha os cabelos presos num coque acima da cabeça, o pescoço longo e esguio, os ombros caídos e as costas delgadas.

— Obrigado pelo jornal! — Yoshirô gritava para a figura de cintura fina, quadris largos e panturrilhas musculosas, cada vez mais distante. Como ela nunca respondia, ele não sabia se o escutava ou não.

Ainda em pé do lado de fora, Yoshirô abriu o jornal. Na verdade, quando jovem ele não lia jornais, mas depois de a mídia impressa ter entrado em colapso e se recuperado, passou a ser uma rotina diária ler o periódico de ponta a ponta. Quando passava os olhos pela seção de política, palavras como *regulação*, *padrão*, *adaptação*, *medidas*, *pesquisas* e *cautela* penetravam seus olhos como caules sobressaindo em um campo de arroz. Ao começar a ler, afundava em areia movediça. Pela manhã ele não podia ler o jornal inteiro: precisava primeiro mandar Mumei à escola. A palavra *escola* ainda abrigava uma vaga esperança para Yoshirô.

Deixando o jornal no hall de entrada e voltando para a cozinha, entregou a Mumei o suco da laranja recém-espremida em um copo de bambu cuja tampa tinha um bico fino.

— As laranjas são colhidas em Okinawa, não é? — Mumei perguntou após tomar um gole.

— Isso mesmo.

— Mais ao sul de Okinawa também se colhe?

Yoshirô engoliu a seco.

— Sei lá, quem sabe? Eu não sei.

— Por que não?

— Porque o Japão está isolado, fechado para o mundo externo.

— Fechado pra quê?

— Todos os países enfrentam sérios problemas, decidiu-se então que cada um resolveria suas próprias questões internamente, evitando que se alastrassem pelo mundo. Lembra quando eu te levei ao Museu Showa-Heisei? Nele, cada sala era isolada por portões de ferro; se uma delas pegasse fogo, o incêndio não se alastraria.

— É melhor assim?

— Se é bom eu não sei, mas o isolamento ao menos reduz o risco de as empresas japonesas lucrarem aproveitando-se da pobreza de outros países. Além disso, acho que também diminui o risco de empresas estrangeiras tirarem vantagem da crise que estamos atravessando.

Mumei fez uma cara de quem entendeu e não entendeu. Yoshirô tomava cuidado para não revelar ao bisneto de forma clara que não apoiava o isolacionismo político.

Não havia pessoas que debatessem abertamente o isolacionismo, mas não faltavam queixas e insatisfações quanto às frutas. Desde que os produtos agrícolas deixaram de ser importados, laranjas, bananas e abacaxis eram enviados somente de Okinawa. Parece que as tangerinas eram colhidas aos montes na ilha de Shikoku, mas dificilmente chegavam até Tóquio. Ao contrário de Okinawa, em Shikoku, quase todos os produtos agrícolas eram destinados à população local, gerando renda com a patente das receitas de *sanuki-udon* e pão alemão.

Certa vez, ao encontrar tangerinas à venda na padaria, Yoshirô comprou logo duas. No rótulo vinha escrito "Produto de Shikoku". Parece que o padeiro realmente tinha alguma relação profunda com a ilha.

Yoshirô decidiu guardar as tangerinas para comê-las com calma com Mumei no sábado seguinte. Mas antes do sábado, veio um feriado novo, do qual Yoshirô tinha se esquecido completamente. Ele não conseguia memorizar os feriados recém-criados. Observando o calendário, tentava incessantemente gravá-los, mas não entravam em sua cabeça de jeito nenhum.

Os novos feriados não eram aniversários dos sucessivos imperadores, mas apenas eventos autênticos e democráticos, cujas datas e nomes foram escolhidos por meio de plebiscito. Antes da votação, as sugestões iam sendo arroladas por consulta popular. Várias delas surgiram de discussões sobre datas já existentes, por exemplo, o "Dia do Oceano" propiciava reflexões sobre a poluição marítima, o que levou a se cogitar também o "Dia do Rio", considerando o descarte de resíduos sólidos em ecossistemas de água doce; de modo análogo, foi instituído o "Dia do Vermelho" para fazer par com o "Dia do Verde". Considerado muito abstrato, o "Dia da Cultura" deu lugar a datas comemorativas de manifestações culturais mais específicas, como o "Dia do Livro" (e o da canção, da pintura, do instrumento musical e da arquitetura). O "Dia do Respeito ao Idoso" e o "Dia da Criança" tiveram seus nomes alterados para "Dia de Incentivo à Melhor Idade" e "Dia de Pedir Desculpas às Crianças". O "Dia dos Esportes" foi transformado em "Dia do Corpo", para não melindrar as crianças que não estavam crescendo grandes e fortes; o "Dia do Trabalho" virou "Dia de Graças por Estar Vivo", para não ferir as pessoas jovens que, mesmo querendo trabalhar, não conseguiam.

Isso não significa que a população desejava apenas aumentar o número de feriados. A corrente de vozes em favor de abolir o "Dia da Fundação do Japão" cresceu até se transformar em dilúvio, e o tal feriado foi levado pela enxurrada, desapareceu. A principal razão disso consistia na impossibilidade de um país tão formidável ter sido construído num único dia. Além desses feriados, também surgiram outros, como o "Dia do Travesseiro", para incentivar relações sexuais de casais que já nem se lembravam disso, o "Dia das Espécies Extintas", em que se acendiam incensos para reverenciar a memória de pássaros e outros animais que deixaram de existir no Japão, e ainda o "Dia Offline" (cujos caracteres em chinês significavam "Honrada-Mulher-Obscena-Nudez"), celebrando o direito à desconexão, e o "Dia dos Ossos" para considerar seriamente a importância do cálcio.

A tangerina deixou Mumei de tão bom humor que ele começou imediatamente a brincar com ela, cutucando com o dedo os gomos macios como os da laranja. Sentindo que estava prestes a dizer algo como "não se deve brincar com comida", Yoshirô preferiu encher a boca com gomos de tangerina e engolir calado. Até que é bom brincar com a comida. Brincar pode nos inspirar uma nova forma de comer. Brinque, brinque, brinque com a comida! Se Mumei lhe perguntasse qual a forma certa de comer tangerinas, ele diria ao bisneto para descobrir por si mesmo. Pode-se comer de vários jeitos. "Pense em uma maneira divertida, Mumei." O menino, no entanto, não fez esse tipo de pergunta. A geração de Yoshirô acreditava na existência de uma forma correta de comer frutas como, por exemplo, a laranja deve ser descascada de determinada maneira; a toranja precisa ser comida com uma colher específica. O bisavô também acreditava que, se a forma de comer fosse padronizada por meio de um ritual, as células passariam a ignorar a acidez da fruta, que, na verdade, poderia indicar algum perigo de intoxicação

Já a geração de Mumei não se deixava iludir por esses truques para enganar crianças. Qualquer que fosse a maneira de comer que adotassem, o sinal de alarme invariavelmente disparava. Quando Mumei comia kiwis, sua respiração logo ficava ofegante; ao sentir a acidez do suco de limão, sua língua adormecia. Isso não ocorria apenas com frutas. Se comesse espinafre, o estômago queimava; cogumelos shitake lhe davam tontura. Mumei não conseguia se esquecer do perigo dos alimentos nem por um segundo.

— Limão é tão azedo que faz a gente ver tudo azul, né?

Mumei disse isso na primeira vez em que comeu um sorvete de limão. Desde então, quando Yoshirô via o amarelo dos limões, sentia como se a cor estivesse misturada ao azul. Nesse momento tinha a sensação de haver tocado a verdade nua e crua.

Buscando com olhos esbugalhados frutas para seus bisnetos, os velhos vagavam de mercado em mercado como assombrações. No passado, somente livros e revistas tinham o preço tabelado, mas agora uma parte das frutas e legumes também tinha o mesmo preço em todo o país; uma laranja custava dez mil ienes, independente das circunstâncias de escassez ou abundância. Não fosse a inflação, talvez não houvesse tantos zeros no preço das frutas.

O clima instável e adverso de Honshu tornava o trabalho agrícola mais difícil. A região nordeste de Tohoku desfrutava de um clima um pouco melhor e tinha enriquecido com a produção de uma nova variedade de cereais chamados "multigrãos", de alto valor nutricional, além de cereais tradicionais, como arroz e trigo, que também continuavam a exportar, ainda que em menor quantidade.

Mesmo em Honshu, a zona com mais problemas se estendia de Ibaraki até Kyoto. Havia também ocasiões nas quais em agosto caía uma neve fina, e em fevereiro um vento quente soprava areia em grandes quantidades. Com olhos vermelhos, apesar do colírio que usavam, os homens andavam de lado como caranguejos ao longo da calçada, a fim de evitar os ásperos ventos do deserto que varriam o meio da rua. Como num set de filmagem onde a gravação não vai bem, uma mulher de óculos escuros, cabelos cobertos por um lenço, andava de um lado para outro lutando contra a ansiedade provocada pelo clima. No verão, acontecia de não chover por três meses. A paisagem tornava-se marrom e, subitamente, em decorrência de um ciclone tropical, caía um aguaceiro, inundando estações de metrô.

Numerosos homens e mulheres migravam de Honshu para Okinawa, despejados por causa das secas e das tempestades violentas. Quanto às terras que haviam prosperado com a agricultura, podemos citar Hokkaido que, à diferença de Okinawa, igualmente próspera, adotara uma política anti-imigração, receando desequilíbrios ambientais provocados pelo crescimento populacional. Embora se dissesse antigamente que Hokkaido era uma região com baixa densidade populacional, o estudo de um demógrafo de Asahikawa chegara à conclusão de que, de fato, essa baixa densidade era recomendável. Assim, para uma pessoa de outra província se mudar para Hokkaido, era necessária uma permissão especial. Sem uma razão específica, a autorização não era concedida.

Já Okinawa aceitava migrantes de Honshu sem restrições, mas temia que o afluxo predominante de trabalhadores do sexo masculino alterasse a proporção populacional entre homens e mulheres.

Quem quisesse trabalhar em fazendas da região seria recusado se não trouxesse a esposa, isto é, se não se candidatasse à vaga como membro de um casal. Mulheres solteiras ou casais homossexuais, masculinos ou femininos, poderiam se candidatar, mas homens solteiros não. Uma exceção foi aberta para mulheres transgênero solteiras. Caso elas realizassem uma cirurgia de redesignação sexual depois de migrar para Okinawa, poderiam seguir vivendo ali sem restrições, do mesmo modo que os homens trans solteiros. Sem emprego predefinido, não era possível migrar; como praticamente só havia trabalho em fazendas, sem garantia de emprego nas áreas agrícolas, a permissão de migração não era concedida.

Já que não havia número suficiente de creches e instituições para ocupar as crianças fora do horário escolar, casais de migrantes com filhos menores de doze anos não eram aceitos; para obter autorização, tinham de deixar os filhos com parentes ou conhecidos. O governo local tampouco estimulava o nascimento de filhos de migrantes já estabelecidos, razão pela qual dava prioridade a mulheres acima de cinquenta e cinco anos e a homens vasectomizados. Saíra no jornal o caso de uma mulher que, em busca de trabalho, havia pintado o cabelo de branco e acentuado com maquiagem as rugas para esconder sua juventude. No entanto, ao contrário do que se imagina, é muito difícil aparentar mais idade. Começaram a suspeitar dela ao notar que não conseguia entender os comandos em inglês nos interruptores do antigo maquinário agrícola. Isso a desmascarou, revelando sua verdadeira idade. Entender ao menos um pouco de inglês era prova de que já se era mais velho. Sem ter visto as palavras *on* e *off* escritas em eletrodomésticos, muitos jovens as desconheciam. Estudar inglês era proibido, à diferença de línguas como *tagalog*, alemão, swahili e tcheco. Entretanto, além da dificuldade para encontrar livros didáticos e professores desses outros idiomas, não havia oportunidade de ouvir relatos de pessoas que os tivessem estudado, o que reduzia o interesse por elas.

Era proibido cantar músicas em línguas estrangeiras em lugares públicos por mais de quarenta segundos. Além disso, não era possível publicar romances traduzidos.

Com seus jovens músculos sexagenários em uniformes azuis de algodão feitos sob medida, Amana, a única filha de Yoshirô, e seu marido migraram animados para Okinawa. Acreditando que as roupas de trabalho devem combinar com a personalidade de quem as usa, eles nunca cogitaram comprar roupas prontas. Os cabelos de Amana, abundantes a ponto de cobrir o travesseiro quando ela se deitava, durante o serviço eram contidos em um chapéu de palha com um design especial, igualmente encomendado por ela.

Já fazia muito tempo que Yoshirô não via o rosto da filha. Às vezes ele lia no jornal que a vida em Okinawa era abundante em um grau inconcebível para os habitantes de Tóquio. Todos os dias era possível obter frutas e vegetais por quase nada. Mas como era proibido enviar pessoalmente produtos agrícolas para fora de Okinawa, os moradores de lá não podiam mandar nada para seus familiares que moravam em Honshu.

A produção agrícola das fazendas existentes no arquipélago era levada em charretes até os portos, e os navios da empresa de transporte de Kyushu os traziam para o grande porto da cidade de Shin-Makurazaki. Embora fossem chamadas de charretes, não havia sequer um cavalo para puxar esses veículos. Com frequência, no jornal, caricaturas satíricas mostravam animais como cachorros, raposas e javalis puxando carroças carregadas de frutas, o que pode ter sido realidade.

Em Kyushu, algumas transportadoras tinham grandes navios cargueiros com painéis solares como cogumelos gigantes. A maior dessas empresas era a Ritsushin Transportes Marítimos, e a maior parte dos produtos agrícolas era carregada por seus navios, que os distribuíam por todo o Japão. Contudo, as melhores frutas eram quase totalmente distribuídas na região Norte, nas províncias de Tohoku e Hokkaido; só uma pequena fração dessas frutas chegava a Tóquio. Em contrapartida, grandes quantidades de arroz e salmão eram trazidas do Norte para Okinawa. Na época em que o papel-moeda, as ações e as taxas de juros já tinham perdido seu brilho, as trocas diretas de produtos tinham prioridade. O salmão foi considerado extinto por certo tempo, até que foi descoberta uma nova variedade desse peixe, com escamas de padrão estrelado por todo o corpo. Dizia-se que o consumo dessa nova espécie poderia fazer mal ao fígado, mas ela tinha grande saída devido à nostalgia pelo sabor do peixe.

Diferente dos vinte e três bairros centrais de Tóquio, onde as pessoas haviam deixado de morar, a região de Tama, nas montanhas circundantes, era densamente povoada, mas, sem indústrias, empobrecia a olhos vistos. Yoshirô tinha idade suficiente para se lembrar do funeral do último político destituído por dizer coisas como: "Se Tóquio falhar, todo o país vai afundar com isso. Salvem Tóquio, mesmo que isso implique sacrificar todas as regiões rurais". Embora Yoshirô certamente desaprovasse o "Edoísmo", o egoísmo de Edo,* dizer "Tóquio" em voz alta fazia seu coração palpitar com arrebatamento e fervor. Só de imaginar que Tóquio poderia desaparecer ele tinha vontade de sumir também.

Também havia planos de revitalizar Tóquio apostando na oferta de produtos típicos. Ao ler no jornal sobre um projeto para ressuscitar o charme pré-industrial de Tóquio vendendo produtos com a marca "Edo", Yoshirô pensou em participar.

A soja, o trigo-sarraceno e novas espécies desse cereal ainda eram cultivadas no "Extremo Oeste" de Tóquio, mas a produção não era grande o bastante para ser vendida a outras regiões. Ademais, havia oferta desses mesmos produtos em outras localidades. Havia muito tempo, as palavras "algo novo de Tóquio" traziam à mente um plugue preso a um cabo muito longo; mas coisas assim não eram mais comercializadas. A eletricidade fluía por toda a cidade, mas produtos eletrônicos passaram a ser malvistos depois da descoberta de que eles causam insônia, distúrbios nervosos e dormência nas extremidades, condição conhecida pelo nome de Síndrome do Smartphone, que acometia um número cada vez maior de pessoas. Os jornais traziam notícias sobre insones crônicos que conseguiam dormir rápida e profundamente em acampamentos no meio das montanhas, onde não havia eletricidade. Um escritor popular publicou um ensaio sobre como o barulho de um aspirador de pó tornou-o imediatamente incapaz de escrever o romance que estava planejando. Talvez essa não seja a única causa, mas

---

* Edo, antigo nome da cidade de Tóquio. [N.E.]

a publicação do ensaio coincidiu com o desenvolvimento de uma espécie de ódio generalizado contra aspiradores de pó. Para Yoshirô, que sempre deplorou o som desagradável desses eletrodomésticos, uma espécie de ronco vindo dos infernos, esse ódio era bem-vindo. Como as moradias provisórias foram especialmente planejadas para que pudessem ser limpas apenas com vassoura e um simples pano, seus ocupantes foram os primeiros a aposentar os aspiradores de pó. Também as lavadoras de roupa foram desaparecendo. Moradores de blocos habitacionais temporários foram igualmente pioneiros no hábito de lavar à mão roupas íntimas de algodão e pendurá-las para secar na área externa. Quanto às outras peças de roupa, as lavanderias as retiravam, lavavam e entregavam. A profissão de tintureiro, outrora designada por uma palavra estrangeira, passou a ser chamada de *kuri-nin-gu* (que em caracteres chineses significa "castanha-pessoa-ferramenta") e novamente se tornou popular.

Por trás disso tudo estava o fato de que era mais barato usar os serviços de tinturaria e lavanderia do que comprar uma lavadora de roupas a cada três anos. No entanto, também se propagou com inexplicável poder de persuasão a estranha ideia de que "enquanto a máquina bate, o cérebro apanha". De fato, houve até uma escola primária que alegou ter realizado um experimento comprovando que, se todos os aparelhos eletrônicos ficassem desligados enquanto as crianças faziam o dever de casa, suas notas aumentavam exponencialmente.

Quando jovem, só de ouvir o barulho da máquina de lavar, Yoshirô se sentia deprimido, mas agora já não tinha essa preocupação. Além disso, por causa da obesidade, tinha crescido o número de pessoas que descartavam televisões, pois ficar muito tempo parado diante delas provocava ganho de peso. Aparelhos de ar-condicionado perderam a atratividade que tinham para a geração anterior. O último eletrodoméstico que restou foi a geladeira, que já não funcionava com cabos. O modelo mais popular, a Estrela do Ártico, funcionava com energia solar.

Em Tóquio, a vida em moradias provisórias sem eletrodomésticos tinha se tornado a referência de um estilo de vida mais avançado e um modelo para o restante do país. Porém, era difícil vender um estilo de vida sem aparelhos eletrônicos como o traço mais típico de Tóquio. Para tornar a revitalização um sucesso, era preciso apresentar algo concreto.

Ao se falar em Tóquio, pensava-se no centro velho da cidade, que evoca o doce chamado *kaminari-okoshi* (expressão de duplo sentido que significa tanto "doce do trovão", uma homenagem ao Templo do Trovão, na parte mais antiga da cidade, quanto "revitalização"). Infelizmente, o trovão se associa à eletricidade. Era irônico que a tentativa de revitalizar Tóquio com base na cultura Edo tradicional, anterior à eletricidade, se detivesse diante da barreira elétrica do *kaminari-okoshi* sem conseguir avançar.

Vegetais que só pudessem ser cultivados em Tóquio certamente se tornariam produtos típicos, mas tais espécies parecem jamais ter existido. Eles teriam de usar a cabeça, ou melhor, já que nenhuma outra parte do corpo parecia capaz de achar uma solução, suas cabeças precisavam ficar à altura do desafio. E se ousassem cultivar vegetais que, embora pudessem ser plantados noutros locais, não despertavam o interesse de ninguém? Dizia-se que o gosto por novidades era a essência da cultura de Edo; mas agora que já não se podia lucrar importando novos produtos do exterior, algumas pessoas sugeriram ressuscitar e ressignificar coisas antigas e esquecidas.

Seguindo essa tendência, por um momento o homem conhecido como "dr. Mioga" se tornou o centro das atenções. Certa passagem de um romance escrito no início da era Showa* dizia que "atrás do banheiro nasce muito mioga".** Com base nesse trecho, o dr. Mioga construiu sua reputação. Em Tóquio havia enormes banheiros públicos, muito raros nas demais províncias. O dr. Mioga passou então a procurar terrenos desocupados, escuros e úmidos próximos a esses banheiros. Ele adquiria esses terrenos e neles instalava terrários de vidro de dois metros de altura. No interior deles, dispunha prateleiras com espaçamento de trinta centímetros onde plantava, em terra artificial, enriquecida com minerais, o gengibre-mioga. O doutor não explicou a ninguém o motivo de o mioga crescer bem atrás de latrinas. Em vez disso, ele costumava contar como antigamente os monges budistas que se preparavam para uma vida ascética evitavam expressamente consumi-lo, já que, apesar de não parecer nutritivo, ele dava a quem o comia um vigor descomunal. Embora se diga que as crianças não ligam para o sabor do mioga, hoje elas o comem com prazer, como se fosse sorvete. O dr. Mioga explicou que isso se devia ao fato de que ele era rico em nutrientes ainda desconhecidos, os quais revitalizavam as crianças dessa geração.

Yoshirô certa vez comprou mioga no mercado e deu a Mumei. Quando o menino cheirou a planta, fechou os olhos com expressão de contentamento. Mas essa foi a única vez que Yoshirô encontrou mioga no mercado. Depois disso, nunca mais, e, num piscar de olhos o nome do dr. Mioga foi coberto por muitas flores de miosótis.***

---

* Período da história do Japão correspondente ao reinado do imperador Hiroito, que se estendeu de 25 de dezembro de 1926 a 7 de janeiro de 1989. [N. E.]
** Botão de flor do gengibre-mioga (*Zingiber mioga*), planta típica da Ásia, de sabor pungente, como o gengibre comum. [N. E.]   *** A autora refere-se metaforicamente à queda no esquecimento, pois a flor de miosótis é também conhecida pelo nome de "não-me-esqueças". [N. E.]

Outra planta que alcançou popularidade durante um tempo em Tóquio foi a erva-de-bicho. Havia um provérbio que dizia "erva-de-bicho corta rabicho",* o que talvez explique certo preconceito em relação à planta, que não costumava ser cultivada nem mesmo pelos agricultores mais excêntricos de outras províncias. Aproveitando essa falta de popularidade, certa empresa teve a ideia de comercializar a erva como uma especialidade de Tóquio. Até fizeram cartazes com a foto do prefeito de Tóquio comendo alegremente uma salada dessa planta (embora tenha se dito que a medida acabou funcionando como antipropaganda, prejudicando ainda mais a reputação do vegetal). Criaram também um trava-língua para promover a erva: "não se avexe, ouça o buchicho: a erva-de-bicho desintoxica, remove o lixo, te põe no eixo!". O trava-língua ficou na boca do povo, mas a erva não. Também Yoshirô, certa vez, atraído pelo maço de folhas delgadas de tonalidade verde-escura, ouviu a voz do quitandeiro:

— Essa aí é a famosa erva-de-bicho. Quer levar um pouco, para animar a torcida por Tóquio?

Yoshirô deveria ter suspeitado quando o quitandeiro, que normalmente louvava o sabor dos produtos, usou a palavra *torcida*, como se estivessem em um campeonato de beisebol.

Yoshirô comprou um maço e, ao voltar para casa, macerou-o em um pilão com vinagre. Tinha ouvido que a erva ia bem com truta japonesa, mas não queria dar a Mumei nenhum tipo de peixe, por causa dos boatos de contaminação, então, serviu a erva com tofu cozido.

— Puxa, o gosto disso é muito ruim, Mumei — disse Yoshirô depois de provar a mistura. Sem resistir a uma comichão

---

* Referência ao uso medicinal da erva-de-bicho (*Polygonum hydropiper*), entre outras coisas, como abortivo e no tratamento da gonorreia, "males" associados ao mal de amor (rabicho). [N. E.]

pelo arrependimento, coçou a cabeça, pedindo desculpas ao bisneto. Com olhar perplexo, Mumei respondeu:

— Eu não ligo para o gosto, tudo bem.

O menino se mostrava mais sensato que ele. De tão envergonhado Yoshirô mal podia respirar. Muitos velhos se irritavam com a crítica dos mais jovens, mas Yoshirô não. Pelo contrário, ele sentia uma dor no peito ao lembrar que os velhos com frequência magoam os mais novos sem perceber. O que as crianças deviam achar dos adultos que, cheios de arrogância, ficam dizendo "isto é bom, aquilo é ruim", como se uma sensibilidade refinada os pusesse acima dos demais, ignorando o pântano de problemas em que estão mergulhados até o pescoço? Há venenos sem gosto algum, de modo que um paladar refinado não salva a vida de ninguém.

As pessoas de Okinawa achavam graça dos esforços dos moradores de Tóquio para cultivar mioga ou erva-de-bicho como produtos refinados, com a intenção de comercializá-los. Cheio de autoironia, Yoshirô mandava de vez em quando para a filha Amana postais falando da erva-de-bicho. Ela não esboçava qualquer reação. Era possível que nunca tivesse ouvido falar dessa planta.

Toda vez que traçava o ideograma correspondente à erva-de-bicho, 蓼, Yoshirô recuperava a alegria de escrever. Ele o desenhava vagarosamente, como um filhote de felino cujas garras arranham a casca da árvore na diagonal.

Yoshirô gostava de escrever cartões-postais. Por vezes achava estranho enviá-los aos familiares não sendo um turista. No fim das contas, porém, se tentasse redigir uma carta, a página lhe parecia tão extensa que acabava não sabendo o que colocar nela, terminava sem escrever nada. Em um postal o espaço era tão reduzido que, antes mesmo de começar a escrever, já lhe vinha à cabeça o ponto-final. Ao vislumbrar o fim sentia-se ainda mais tranquilo. Quando criança, acreditava que o objetivo último da medicina era desenvolver um corpo imortal e eterno, mas nunca pensara sobre a agonia da impossibilidade de morrer.

As laranjas tinham um preço fixo, mas os selos não. Na verdade, o preço dos selos variava muito, indo desde o caríssimo selo com a ilustração de um lagópode-branco* até os selos ilustrados com a foto do Congresso Nacional, que eram praticamente de graça. De vez em quando, nos correios, vendia-se a preço promocional um pacote com mil selos, porém, ao vê-lo, Yoshirô desistia da compra, pois, mesmo depois de escrever mil cartões, não conseguiria morrer.

"Dia perfeito para comprar postais", pensou ele, que, ao retornar das compras, costumava parar numa papelaria para levar uma dezena deles. Agora que qualquer um podia abrir um negócio para vender o que bem entendesse, havia aumentado o número de lojas de artigos escolares parecidas com barracas de feira. Yoshirô se deteve diante de uma dessas, que não escondia seu caráter amador, com um letreiro manuscrito pendurado torto acima da entrada. Mesmo assim, possivelmente pelo constrangimento de só vender postais feitos à mão, para disfarçar, oferecia também sombrinhas e artigos de papelaria esquisitos. Yoshirô também acabou comprando por impulso um desses pequenos guarda-sóis que, apesar de transparentes, bloqueiam os raios de sol. Como a loja vendia várias coisas que Mumei talvez quisesse — como lápis que emitiam sons de animais, papéis de origami que, depois de molhados, encolhiam e se transformavam em um pato-mandarim, grandes borrachas idênticas a limões —, Yoshirô costumava frequentar o local sozinho.

A dona dessa loja era uma colega de classe de Amana da época do ensino fundamental; desde então, seu passatempo

---

* Ave galiforme natural da tundra ártica. [N. E.]

favorito era o artesanato de flores prensadas. Apesar de chamar a violeta de "melhor amiga", de acenar para as tanchagens, reverenciar as bolsas-de-pastor e de escrever cartas de amor para a flor de cosmos,* quando chegava o domingo, ela arrancava as plantas, as prensava e vendia cartões com a natureza tornada bidimensional. A maior parte das flores que ela prensava eram ervas daninhas comuns, mas como se empenhava em cultivá-las usando terra artificial, talvez a designação "erva daninha" não fosse apropriada. Quando Yoshirô perguntou por que ela se dava ao trabalho de cultivar essas plantas, a moça lhe respondeu que, como elas estavam à beira da extinção, era preciso preservá-las.

— Os cães vira-latas também estão entrando em extinção. Você sabia disso? — perguntou a moça.

Foi então que Yoshirô lembrou que, na loja de aluguel de cachorros, só havia cães de raça pura; e não se viam cachorros em outros lugares.

Sempre que ia comprar postais, Yoshirô gostava de falar de Amana com a dona da loja, apoiando-se na coluna ao lado do caixa.

— E a Amaninha, vai bem?

— Parece que ela nunca fica doente.

— Deve ser duro o trabalho na plantação de laranjas, não é?

— O corpo dela parece ser forte.

— É porque, durante o ensino médio, ela exercitava o corpo no clube de *Mikoshi*.**

— E você era do atletismo, certo?

---

* Tanchagem, designação comum a várias plantas do gênero *Plantago*, cujo pólen causa a febre do feno; bolsas-de-pastor, erva originária da Eurásia, da família das crucíferas, com pequenas flores brancas; cosmos, plantas do gênero *Cosmos*, originárias das regiões tropicais e temperadas da América. [N. E.]
** Clube de treinamento para carregar andores nos ombros durante os festivais religiosos. [N. T.]

— Corridas de curta distância de nada servem na vida real. Sair para caçar num campo sem animais também não faz sentido — a artista das flores prensadas respondeu brandindo o lápis como uma lança e se exibindo ao erguer a perna a uma tal altura que o joelho quase encostava no peito. Era uma jovem idosa na faixa dos setenta, ria à toa de qualquer bobeira.

— O que a Amaninha contou de novidades desta última vez?

— Ela disse que, pela primeira vez, viu uma nova espécie de abacaxi vermelho.

— Nossa, que inveja de Okinawa! — falou, entregando-lhe dez postais dentro de uma pequena sacola feita de fibra vegetal. Querendo estender um pouco o papo sobre Amana, Yoshirô acrescentou sutilmente algo para atrair seu interesse:

— Parece que as pessoas que moram em Okinawa chamam agora o local de Ryukyu.*

— Ryukyu? Legal, né? Mas será que é um movimento de independência...?

— Isso não deve acontecer. Afinal de contas, se Okinawa se tornar outro país, não poderá mais vender frutas ao Japão nem receber trabalhadores migrantes, por causa da política de isolamento.

— Que bom! Só de pensar em nunca mais encontrar com Amaninha, a gente fica deprimido.

Nesse momento, Yoshirô lembrou de repente que Hildegard tinha uma amiga japonesa chamada Tsuyukusa. Embora não a tivesse conhecido, como Hildegard lhe falara dela várias vezes, sentia como se a conhecesse na intimidade havia muito tempo. Muito jovem, Tsuyukusa fora estudar violino na

---

* O arquipélago de Ryukyu (ou ilhas Léquias, em português), situado entre o mar das Filipinas e o mar da China Oriental, inclui, além de Okinawa, as ilhas Osumi, Tokara, Amami, Sakishima e Yonaguni, no extremo oeste. [N. E.]

Alemanha, na cidade de Krefeld, onde ainda residia. Yoshirô tinha impressão de Hildegard ter dito que Tsuyukusa se casara com um iraniano, que ela conheceu em um concerto. Eles tiveram gêmeos, e o casal viajou ao Japão para apresentar seus filhos aos pais de Tsuyukusa. Foram de avião, cada um com um bebê no colo. A partir daí, todos os anos eles costumavam passar o Ano-Novo no Japão, o que deixou de ser possível a certa altura. Como diabos seria não poder mais retornar ao Japão pelo resto da vida?

Embora distante, Okinawa ainda fazia parte do Japão, então, com algum esforço, Yoshirô poderia visitar a filha pegando um voo doméstico. Contudo, a mera ideia de viajar entorpecia seu corpo, e Yoshirô acabava desistindo, preocupado em poupar sua força física para cuidar de Mumei.

Quando estudante, Yoshirô tinha sido amigo de um jovem refinado que viajara pela América do Sul e pela África carregando apenas uma bolsa esportiva nada refinada. Ao lhe perguntar por que ele não usava mochila, o jovem respondeu que não a usava para não parecer um turista, o que o envergonharia. Era muito chique sua forma de viajar internacionalmente como se estivesse apenas voltando da academia para casa, levando uma bolsa comum, calçando tênis velhos e desgastados no calcanhar. Não dando na vista que era estrangeiro, talvez até conseguisse escapar sem ser detido.

— Muitos dos postais enviados por Amana são escritos com tinta invisível — disse Yoshirô, tentando reatar a conversa interrompida, como se agarrasse um tufo de dente-de-leão flutuando por acaso ante seus olhos.

— Ah, legal, né? O pessoal de Okinawa tem mesmo muita sorte em dispor de frutas para esse tipo de coisa. Será que ela escreve com suco de limão?

— Não sei. Da próxima vez vou perguntar. Eu me lembro de como era divertido usar tinta invisível quando eu era criança.

Brincávamos de "sociedade secreta", recebendo dos colegas documentos ultraconfidenciais. Ao chegar em casa, quando ninguém estava olhando, aproximávamos o papel de uma fonte de calor para ler as mensagens.

— Também me lembro disso. Uma vez meus pais me repreenderam por acender uma vela. Perguntaram o que eu faria se ocorresse um terremoto e eu causasse um incêndio.

— Qual é o princípio por trás da tinta invisível?

— Na parte embebida com alguma substância ácida, o papel queima mais facilmente. Então, quando você o aproxima do fogo, as partes escritas com suco de limão ficam marrons.

— Entendi. O suco é absorvido pelo papel como aquarela, produzindo diferentes tons, do amarelo ao marrom... É lindo, não é?

— As manchas no papel acabam lembrando paisagens...

— Todos os postais que minha filha me manda também aparentam de início paisagens aquáticas. No entanto, é um pouco assustador: ao olhar com cuidado, parece que a água está queimando, que nela ardem pequenas chamas.

— Água que pega fogo?

— Se uma quantidade grande de petróleo fosse despejada no mar, até o mar pegaria fogo, certo?

— Por favor, não fale esse tipo de coisa assustadora. Amaninha está levando uma vida confortável, não está?

— Provavelmente.

— Ela deve ter frutas em abundância, não?

— Ela só me escreve falando de frutas, praticamente. Mesmo que inventem abacaxis vermelhos, mamões quadrados, como eles não chegam até Tóquio, pra gente tanto faz. Na verdade, às vezes me preocupo com uma coisa. Não é esquisito falar só de frutas? Fosse outra época, eu me perguntaria se minha filha não teria sofrido algum tipo de lavagem cerebral.

Nesse momento, os dois subitamente se calaram pensando a mesma coisa. Como os pomares são na verdade fábricas de frutas, trabalhar neles o dia todo, isolado do mundo, poderia ser doloroso. Ao ouvir a palavra *pomar*, as pessoas evocavam o paraíso e sentiam inveja. Costumavam imaginar uma vida brincalhona em meio à natureza: andar pelas montanhas buscando cogumelos, aproveitar as minifazendas de musgo e a umidade da atmosfera penteada por folhas de samambaia, seguir o rastro dos cervos e reconhecer os passarinhos por seu cantarolar. Não era assim que Amana vivia: ela trabalhava de sol a sol numa fazenda chamada Pomar. Na cidade, ela teria momentos de lazer, sairia aos fins de semana para apreciar exposições, eventos musicais e palestras; conhecer novas pessoas; passear e descobrir novas lojas. De fato, Tóquio se tornara uma cidade economicamente pobre, mas lojinhas novas subiam à superfície como bolhas, uma atrás da outra, e mesmo o ato de apenas ficar sentado num banco olhando os transeuntes divertia. Quando se anda na cidade, as engrenagens dentro da cabeça começam a girar lentamente. Percebendo que esses prazeres são a parte mais suculenta da fruta chamada cotidiano, mesmo viver em casas pequenas e sofrer com a escassez de alimentos não diminuía o número de grupos que desejam viver em Tóquio.

De alguma forma, Yoshirô suspeitava de que havia algo errado: ou Amana não conseguia pensar em mais nada além de frutas ou, por causa da censura dos correios, não podia escrever nada nos postais. Ou estava escondendo algo dele. Yoshirô sentia-se frustrado, como se a parte mais importante das mensagens da filha estivesse encoberta pelo dorso de uma mão invisível que impossibilitava a leitura.

Se os telefones já não tivessem sumido há tempos, ele teria ligado para a filha. Na verdade, ele às vezes até dava graças pelo fim desses aparelhos. Antes, quando ligava para Amana, a conversa sempre acabava em briga, com um dos dois batendo violentamente o telefone na cara do outro. Amana dizia "Detesto coisas azedas", e Yoshirô respondia "Você é muito fresca com comida, por isso vivia gripada quando criança". Ela então respondia irritada "Se você força as crianças a comerem o que odeiam, elas vão crescer como pessoas insensíveis e apáticas, que não sabem do que gostam". Se o pai retrucasse dizendo "Não me lembro de ter forçado você a comer nada", do outro lado viria um contragolpe. Por cartões-postais, a resposta demorava pelo menos uma semana e era mais provável que, nesse tempo, a raiva se dissipasse.

Sempre que comprava postais, Yoshirô mostrava-os a Mumei. As flores prensadas, com a forma original reduzida à bidimensionalidade, mas de um jeito muito diferente do das fotos, tudo isso fascinava o menino. Quando chegava um postal de Okinawa, Yoshirô sempre dizia:

— Isto é da sua avó! — o que parecia intrigar Mumei.

A palavra *avó* não era familiar para ele. Ao tentar se lembrar de Amana, só vinha à sua cabeça a mensagem em tinta invisível do último postal que haviam recebido. Tampouco tinha a lembrança de ter pronunciado a palavra *avô*. Ele nem ao menos havia pensado em separar o prefixo *bis* do termo *avô*. *Mamãe* para as crianças de antigamente equivalia à palavra *bisavô* para Mumei. Para ele, à exceção de Yoshirô, era como se não existissem outros familiares. Tudo o que era necessário para viver, o bisavô lhe proporcionava.

Embora a bisavó também fosse uma figura distante para Mumei, na noite anterior à sua última visita ele não conseguiu dormir de tão animado, como costumava ficar em dias de festival. Nessa ocasião, Yoshirô também rolou na cama a noite toda.

Quando Mumei lhe perguntou qual era o nome da bisavó, Yoshirô respondeu, murmurando: "Marika". Mumei, que recentemente vinha falando como adulto, dizia, entre risadinhas, coisas do tipo:

— Marika é um nome bem legal, não é?

Ao perguntar ao bisavô onde ele e Marika tinham se conhecido, Mumei pegou Yoshirô de surpresa. Essa palavra, *conhecer*, soava estranha na boca do bisneto. Onde foi mesmo que ele e Marika se encontraram pela primeira vez? Não conseguia se lembrar. Naquela época, sem perceber, eles passaram a se encontrar toda semana em alguma manifestação. A memória do romance começava com as lembranças dessas passeatas. Naquele tempo, elas ocorriam rigorosamente todos os domingos, e foi crescendo de forma surpreendente o número de pessoas que acabava se casando com parceiros de protesto. Talvez houvesse pessoas que iam a manifestações em vez de ir a encontros de casamento arranjados.

Se fossem às passeatas, eles certamente se veriam, então, não trocavam telefones nem marcavam de se ver. Como os dois andavam rápido, sempre acabavam juntos à frente do grupo. Mesmo quando a multidão era enorme, dividindo-se em fileiras e mais fileiras, bastava Yoshirô andar quinze minutos e Marika já estaria ao seu lado. Os dois entabulavam conversas sobre o tempo, sapatos (não importava o assunto), e logo se animavam, os sorrisos ganhavam mais brilho e, ao fim, sempre se despediam com um agradável "até breve". Nunca pensaram em amor. Quer dizer, nunca pensaram até a madrugada de certa terça-feira em que, ao sair de um sebo, Yoshirô desmaiou depois de ser atacado por bandidos que o golpearam na cabeça com um taco de beisebol e roubaram sua carteira. Ao recobrar a consciência, ele se viu deitado em um leito de hospital. Embora enxergasse duplicada a lâmpada fluorescente no teto do quarto, seu eletroencefalograma não demonstrou nenhuma alteração, segundo o médico. Quando a sensação de moleza no corpo desapareceu, Yoshirô começou a sentir dores em lugares como a boca do estômago e a ponta dos dedos. Contudo, ele parecia não se importar com as quase oitenta e oito partes doloridas de seu corpo, os pontos inflamados, os esfolados e os que doíam como se os ossos estivessem quebrados. Sua única preocupação era se conseguiria participar da manifestação no domingo seguinte. Finalmente, no sábado já não aguentava mais e, na madrugada de domingo, quando ainda estava escuro, fugiu do hospital e foi direto para a passeata. Com curativos no canto dos olhos e no queixo, ataduras envolvendo a cabeça e os pulsos, a figura de Yoshirô foi aplaudida pelos manifestantes, que imaginavam testemunhar algum tipo de performance. Enfim, avistando as costas de Marika, Yoshirô correu em direção ao zíper que dividia ao meio o torso dela. Esquecido da própria aparência, cutucou seu ombro. Marika virou-se. De início assustou-se com seu estado; em seguida, surpreendeu-se com o fato de ele ter vindo à passeata naquele estado; por fim, sua face ruborizou.

Então Yoshirô sentiu um forte aperto no peito. Acabara caindo na estranha armadilha chamada *amor* e não tinha força nos braços para sair dela, nem mesmo rastejando. Rendendo-se, agachou-se e escondeu o rosto entre as mãos.

***

Quando Yoshirô ouviu de Marika que estava grávida, experimentou uma vaga sensação de felicidade. Todavia, diante da proposta de casamento que ela lhe fez, sentiu-se inseguro: conseguiria suportar, dali a algumas décadas, a altura da voz e algumas expressões que ela usava e que já agora começavam a lhe dar nos nervos? Quando Marika lhe perguntou se ele se importaria com o fato de ela não passar muito tempo em casa depois do casamento, Yoshirô ficou intimamente aliviado. Talvez não houvesse problema em se casar, desde que sua mulher passasse pouco tempo em casa... Houve períodos em que ele se recriminou por ter se casado com segundas intenções, mas, depois de tanta água rolada entre ele e

Marika, após tanto tempo de convívio, esfumou-se a fronteira entre o certo e o errado. Lembrava-se de ter visto certa feita, quando criança, uma sorveteira em uma loja de departamentos. "Na parte de cima você põe leite, ovos e açúcar; embaixo sai sorvete", disseram-lhe. E ele ficou observando as pás da sorveteira girando sem parar. Da mesma forma, puseram Yoshirô e Marika na parte de cima da sorveteira e, dois níveis abaixo, duas gerações adiante, saiu a massa disforme do bisneto Mumei. Se não tivessem alimentado a máquina, nada teria saído. "Ainda bem", ele pensava. Toda vez que refletia sobre o processo todo, considerando as etapas iniciais, não conseguia deixar de se ver mais como ingrediente que como mestre-sorveteiro.

Mesmo após o nascimento de Amana, Marika nunca ficava em casa. Assim que acabava o café da manhã, ela enfiava a bebê no carrinho, pegava a carteira, a sacola de compras e saía.

Primeiro, ela corria para uma leiteria que abria às dez horas, chamada Cidade do Leite, e lá se aboletava, abraçada aos três jornais do dia. A neném dormia tranquila dentro do carrinho e, mesmo sem se dar ao trabalho de vir à mesa, a garçonete lia os lábios de Marika dizendo "café" e lhe acenava do balcão. Em pouco tempo, outras mães começaram a frequentar o local, que se encheu de carrinhos de bebê. O ar pesava com suspiros exasperados, queixas agudas e contundentes, risadinhas cínicas, uma sequência de vozes insatisfeitas e ressentidas, que também podiam ser doces e sedutoras. Por volta do meio-dia, Marika comprava verduras em uma mercearia de agricultores familiares, voltava para casa, preparava rapidamente o almoço e comia com Yoshirô, que passara a manhã no escritório escrevendo. Por cerca de vinte minutos os dois ficavam frente a frente como um casal, calados na intimidade. Findo o almoço, Marika lavava a louça rapidamente e tornava a sair, empurrando o carrinho. Era como se o carrinho de bebê, mais do que o bebê, na verdade carregasse os sentimentos de Marika, impulsionando-a com vigor para longe dali.

Nessa época, Yoshirô estava escrevendo um romance cujo protagonista era um homem que não dava sequer um passo para fora de casa. Não era um recluso, mas um sujeito que espremia os miolos pensando em como fazer com que pessoas interessantes o visitassem, uma vez que, como um bernardo-eremita, ele sentia ansiedade física quando era forçado a sair de sua casa-concha.

Yoshirô pensava que, para a esposa, talvez fosse sufocante viver com ele dia e noite sob o mesmo teto. Sentia que, por isso, ela fazia de tudo para arranjar compromissos de modo a passar o dia inteiro fora, empurrando alegremente o carrinho.

Certo dia Yoshirô tinha agendado com seu editor um encontro em um café, mas quando terminou de fazer apontamentos sobre o projeto que iriam discutir, percebeu que já estava bastante atrasado. Ao chegar ao café e avistar o editor sentado ao fundo, solitário, com os ombros encolhidos, cabisbaixo, olhando fixamente a película de nata na superfície do chá, sentiu a necessidade de se desculpar imediatamente. Tentou se aproximar da mesa correndo, mas não conseguia atravessar o interior da cafeteria, que havia se transformado em um estacionamento para carrinhos de bebês. Enquanto os bebês dormiam calmamente, as mães conversavam franzindo as sobrancelhas. Flutuavam pelo ar até o ouvido de Yoshirô fragmentos de conversas com frases como "os recursos recicláveis...", "temo que meu filho se torne um pássaro...", "a priorização do lucro em detrimento da saúde pública...". Enquanto as mulheres conversavam, nas xícaras o café esfriava e o bolo, que ninguém pedia, ressecava atrás do vidro, com o glacê rachando no topo. De relance, Yoshirô leu na lombada de um livro o título *Pessimismo para mães*. Segurava-o uma mãe que, com a outra mão, fazia movimentos circulares no interior de um carrinho de bebê. Yoshirô esticou o pescoço como uma girafa para espiá-la e avistou a mão em carícias na cabeça do bebê. A criança, inquieta, balbuciava enquanto ela bagunçava seus cabelos. Será que Marika também estaria lendo e conversando em outra cafeteria? Com outras mães jogaria conversa fora, falaria mal dos outros, tomaria parte em alguma despedida de solteira? O que fariam elas?

Após a reunião com o editor, ainda em estado de devaneio, Yoshirô saiu do café. Então notou que a calçada estava tomada por carrinhos de bebê. Enquanto escrevia seus manuscritos confinado no escritório, o mundo mudara completamente. Com o nascimento de tantas crianças, a cidade transbordava de carrinhos de bebê; nas cafeterias, as mães reuniam-se. Sob o toldo desses carrinhos estava a nova humanidade, que, munida de chupetas que se projetavam como bicos de pássaros, balançando os corpos envoltos em tecido, encarava Yoshirô com rancor. Então os bebês eram isso. Se ele encontrasse Amana na rua será que ela também teria se transformado em uma criatura esquisita? Quando o sinal abria para os pedestres, a faixa desaparecia, soterrada por carrinhos de bebê. Mesmo em livrarias, certamente haveria carrinhos em frente às estantes. Quando tentou estender a mão para pegar um livro intitulado *Dicas para masturbação*, justamente em frente à estante em que ele se encontrava também havia três carrinhos, e não alcançou a prateleira. Ainda com o corpo esticado, ao espiar sem querer, viu que os olhos de um bebê, límpidos como um espelho, o encaravam.

Pouco tempo depois, ele ouviu de Marika a expressão "Movimento dos carrinhos de bebê". Segundo ela, a expressão designava um movimento para encorajar as mães a empurrarem os carrinhos de bebê pela cidade durante o maior tempo possível enquanto o sol estivesse no céu. O humor miserável de quem levanta muito cedo, o sentimento de impotência, a fome, a incontinência fecal e urinária (sem ninguém para ajudar)... sensações causadas talvez por um sonho úmido e pegajoso, ou pela tortura de passar o dia inteiro ouvindo choro de criança, tudo isso desperta nas mães lembranças de quando elas mesmas eram amamentadas. De qualquer modo, oprimidas por tais sensações, as mães saíam empurrando os carrinhos em direção a cafeterias com a placa de "Permitem-se bebês". Ali elas poderiam ler livros e jornais e conversar umas com as outras.

Naquela noite, Marika respondeu alegremente a todas as perguntas de Yoshirô sobre o "Movimento dos carrinhos de bebê". Explicou que empurrar carrinhos era a melhor maneira de descobrir como uma cidade trata seus pedestres. Com poucas calçadas e muitos degraus, a mobilidade das mães diminuía muito. Lugares barulhentos ou cheios de fumaça facilmente provocavam choro e gritaria nos bebês. Com outros carrinhos ao redor, o choro de um bebê suscitava o de outro numa espécie de efeito dominó. A onda crescente de choro, como uma terrível sirene, paralisava os transeuntes, fazendo-os perceberem a intensidade de desconforto naquele local — e de risco para os seres humanos.

Por outro lado, o movimento também propiciou avanços tecnológicos, como o projeto, ainda em desenvolvimento, de carrinhos movidos a energia solar.

Yoshirô sempre vira com cautela os movimentos da sociedade civil por igualdade de direitos. Entre as reivindicações de grupos desse tipo, alguns dos quais ainda cheirando a leite, como o movimento de mães, havia também certo ódio sulfúrico contra escritores homens que não se importavam com a família, dedicando todo o tempo à criação de romances sombrios e perversos. Ao menor descuido, tal ódio poderia queimar o dorso da mão de Yoshirô, embora Marika nunca tivesse emitido qualquer opinião sobre seus livros nem criticado sua carreira de escritor.

Talvez por ter passeado muito de carrinho ao ar livre, respirando ar puro desde bebê, Amana adquirira o gosto de andar livremente pelas ruas, mesmo quando não tinha motivos para sair. Assim que teve a primeira menstruação, começou a não voltar para casa depois de escurecer. Repreendida por Yoshirô, ela reagiu, dizendo:

— A probabilidade de uma menina de treze anos morrer dentro de casa é bem maior, seja por assalto ou por suicídio em família. Não faz sentido pensar que as ruas são mais perigosas!

Quando completou dezoito anos, Amana deixou Tóquio para trás, ingressou numa universidade prestigiada do norte de Kyushu e especializou-se em agricultura orgânica. Ela sempre destacava que, desde a Idade da Pedra até o Período Edo, Kyushu tinha sido uma região de perfil internacional. Às vezes dizia:

— Em Tóquio quase já não há mais natureza. Quero morar no Sul do Japão.

Yoshirô achava curioso que ela dissesse "Sul do Japão" em vez de "Kyushu". Depois de se formar, Amana quase nunca ia a Tóquio; ela não avançava ao Norte além de Shimonoseki. Quando Tomo vinha passar as férias de verão na casa de Yoshirô, quem o trazia era uma amiga de Amana, que tinha compromissos em Tóquio.

Depois que a filha foi embora, Marika começou a viver separada de Yoshirô, usando o trabalho como desculpa. A princípio, ela havia trabalhado num abrigo para crianças que tinham fugido de casa e não queriam mais voltar para os pais. Em seguida construiu nas montanhas o instituto Outro Lugar, para crianças abandonadas, e ali assumiu o cargo de diretora. Houve rumores de que Marika teria se tornado diretora em função do talento para angariar fundos, o que parecia estranho para Yoshirô, que nunca levantou fundos nem fazia ideia de como e com quem era preciso conversar para atrair investimentos. Casado com Marika, ele poderia ter perguntado isso diretamente a ela, mas já era tarde demais quando se deu conta de que, paradoxalmente, quanto mais perto se está de alguém, menos coisas se pode perguntar.

Sem discutir nem se divorciar, silenciosamente o casal passou a viver em casas separadas. Como não se pode rebobinar o tempo, deixaram-se levar.

***

Depois que Amana e o marido resolveram morar em Okinawa, o neto Tomo, agora adulto, tornou-se uma verdadeira dor de cabeça para Yoshirô. Em várias ocasiões Yoshirô tentou lhe dar um sermão, mas a bronca se convertia em comédia, com ele mesmo desempenhando o papel de careta intransigente.

— Qual a coisa mais importante para você?
— Sei lá, tanto faz.
— Pense bem. Em que momentos você sente que viver é melhor que morrer?
— Talvez quando eu fico excitado.
— E quando isso acontece?
— Com certeza, em ao menos três momentos.
— Quais?
— Na hora de comprar, na de jogar e na de beber.
— Quais os objetos diretos dessas ações?
— Não há objetivo direto.
— Não falei *objetivo*, mas *objeto direto*. Em alemão ou em russo seria o *caso acusativo*.

Yoshirô notou a inutilidade da própria explicação e, desconcertado, refez a pergunta:

— Comprar, jogar, beber... o quê?

Zombando, Tomo respondeu:

— Comprar um mangá, jogar beisebol e beber chocolate quente.
— Idiota. Sua especialidade é dizer tolices. Que tal virar romancista?
— Não rola. Não consigo cobrir prazos.
— Não é cobrir, mas cumprir. Que tal então ser poeta? Poetas podem escrever quando quiserem, sem se preocupar com prazos. Ouvi dizer que daqui para a frente os poetas vão ganhar muito dinheiro.
— Ah, é? Dinheiro? Mas ganhar dinheiro não é o meu forte.

Não importava como Yoshirô tentasse conduzir a conversa, nada desmanchava o sorriso estúpido no rosto de Tomo; era como se o avô estivesse falando grego. Logo a conversa se tornava maçante e Tomo começava a bajular Yoshirô.

— O senhor tem talento, vovô. Faz o que gosta e vive dos romances que quer escrever. Eu te invejo. Siga em frente.

Yoshirô admirava o belo nariz e os olhos amendoados do neto, sem saber se ria ou xingava.

Desde o ensino médio, quando Tomo morava com os pais, era comum ele passar a noite toda na rua. Depois de abandonar a escola, raramente voltava para casa. Yoshirô às vezes se perguntava se não era genético esse desejo de viver afastado da família. Sua esposa Marika, a filha Amana e o neto Tomo: todos tinham ido embora.

Certo dia, Tomo apareceu diante de Yoshirô acompanhado de uma jovem bela como uma garça. O casal viera para anunciar que pretendiam se casar. Não haveria cerimônia religiosa, apenas assinariam os papéis na prefeitura. Quando Mumei nasceu, alguns meses mais tarde, Tomo se encontrava no meio de uma viagem para algum lugar. Ao lado da mãe e do recém-nascido, estava apenas Yoshirô. O bebê acabou nascendo duas semanas antes do previsto, e a mãe, com uma hemorragia persistente, perdeu a consciência e foi levada para a Unidade de

Terapia Intensiva. O recém-nascido foi posto na incubadora, uma caixa de vidro semelhante a um caixão transparente. Ele respirava através de um tubo.

Três dias após o parto, a mãe de Mumei parou de respirar. Yoshirô ponderou que, sem saber o paradeiro de Tomo, como de costume, seria melhor adiar o máximo possível o funeral. Enquanto sua mãe jazia como boneca de cera na câmara frigorífica do hospital, Mumei, que mais parecia um "recém-cozido", foi retirado da incubadeira. Protegido pelas mãos quentes e fortes de uma enfermeira, respirando por conta própria, o pequeno passou os primeiros dias de vida ouvindo as palavras encorajadoras de Yoshirô.

No entanto, cinco dias depois da morte da mãe de Mumei, Yoshirô foi chamado ao necrotério para conversar com dois especialistas vindos de longe. Um deles o aconselhou a autorizar a cremação imediata da jovem, pois, mesmo sob refrigeração o corpo começava a sofrer "alterações indesejáveis"; outro solicitou permissão para dissecar o corpo e preservá-lo em formol para fins de pesquisa. Yoshirô não fazia ideia do que seriam as tais "alterações indesejáveis". Como nenhuma de suas perguntas formuladas em termos não técnicos recebia dos especialistas uma resposta clara, Yoshirô declarou que não poderia tomar uma decisão nem quanto à cremação nem quanto ao formol sem antes vê-la com os próprios olhos. Relutantemente, os especialistas o levaram até o corpo. Incapaz de acreditar no que via, Yoshirô exclamou um *ah!* e abaixou a cabeça, cobrindo a boca e o nariz com a mão. Quando tornou a erguer a cabeça, a visão da jovem já não causou o mesmo impacto. Seu corpo, na verdade, ainda guardava beleza. Mais tarde, porém, ele achou impossível reproduzir exatamente o que tinha visto. Em sua memória, o corpo continuou a amadurecer, a mudar. O centro do rosto se tornou pontiagudo, como o bico de um pássaro. Os ombros ficaram mais musculosos, ganhando asas como as de um cisne branco. Sem que ele percebesse como, os dedos dos pés também se transformaram em garras de ave.

O corpo foi levado ao crematório no sétimo dia após o falecimento, e fizeram um funeral íntimo. Yoshirô foi o único familiar presente.

O paradeiro de Tomo continuava envolto em bruma. Por parte de Amana, chegara uma mensagem pedindo a Yoshirô para representá-la, pois, estando em Okinawa, não conseguiria chegar a tempo. Onze dias já tinham se passado desde o nascimento de Mumei quando Marika, arrumando tempo, foi ao hospital. Ao lado da cama de Mumei, Yoshirô, estufando o peito orgulhoso como se ele próprio tivesse dado à luz, disse:

— Que tal, não parece um menino inteligente? E ainda por cima bonitão.

Ao ver o menino, porém, sacando um lenço para enxugar as lágrimas, Marika saiu correndo do berçário como se fugisse. Yoshirô tentou segui-la, mas, como Mumei começara a chorar, permaneceu onde estava.

A princípio, as enfermeiras tratavam Yoshirô como um parente visitante, porém, com o tempo, lhe entregaram a mamadeira e até lhe ensinaram a trocar fraldas. Ele punha as fraldas sujas em um cesto e, no dia seguinte, recebia novas pilhas de fraldas limpas, recém-lavadas.

Quando Yoshirô disse à enfermeira "Eu pensava que os hospitais só usassem fraldas descartáveis, feitas de papel", ela deu um risinho debochado como se dissesse "Esses velhos sempre atrapalhando". A enfermeira ao lado, pigarreando, comentou:

— Se usássemos fraldas descartáveis, faltaria papel para os escritores.

Envergonhado, Yoshirô retraiu a cabeça como uma tartaruga. Em pouco tempo se espalharam pelo hospital boatos sobre a identidade daquele velho que trocava desajeitadamente as fraldas de seu bisneto: tratava-se, na verdade, de um romancista oculto por pseudônimo.

Yoshirô pensava que somente crianças sem mãe recebiam leite em pó, mas, prestando atenção, observou que todas as mães alimentavam seus bebês com mamadeira. A enfermeira lhe explicou que não havia nenhum tipo de leite materno absolutamente seguro. O leite materno continha, além dos nutrientes vitais, substâncias consideradas prejudiciais à saúde. Ao saber que no leite em pó tampouco havia leite de vaca, Yoshirô perguntou em tom jocoso:

— Do que ele é feito então? Leite de loba?

E a enfermeira lhe respondeu sem esboçar sequer um sorriso:

— Não. Mas na fórmula tem leite de morcega.

Cercado por enfermeiras gentis que respondiam a todas as suas questões, Yoshirô passava de bom grado as manhãs na maternidade cuidando de Mumei. No entanto, preocupado, ele se perguntava por que nunca aparecia nenhum médico. Ao questionar a enfermeira encarregada a esse respeito, ela, talvez um pouco ofendida com a pergunta, limitou-se a sorrir sem responder, com a expressão habitual de "esses velhos sempre atrapalhando". Posteriormente, quando questionou com cautela a outra enfermeira sobre a ausência de médicos, ela lhe respondeu que, no Departamento de Obstetrícia e Ginecologia, há tempos tinham abolido a distinção entre médicos, enfermeiras e parteiras.

Era o décimo terceiro dia após o nascimento de Mumei quando Tomo entrou correndo no berçário do hospital. Ofegando intensamente, ele apenas conseguiu balbuciar "vovô...". Querendo ajudar o neto, que ficou calado com lágrimas nos olhos, Yoshirô disse:

— Este é seu filho. Eu lhe dei o nome de Mumei, que significa "sem nome". Você tem algum problema com isso?

Tomo soluçava aos prantos como uma criança pequena. Mumei, que até então dormia calmamente, ao ouvi-lo também começou a chorar. Os dois choravam em uníssono, feito irmãos que, repreendidos por causa de uma briga, começassem a chorar ao mesmo tempo.

Tomo explicou que, como havia se internado em uma instituição para adictos, ficara sem contato com o mundo externo. Mesmo assim, a notícia da morte da esposa chegara a seus ouvidos, por isso, com muita dificuldade, conseguiu ser liberado. Yoshirô se absteve de perguntar se ele tinha sido internado voluntariamente ou à força, em função de problemas com a lei. Tampouco perguntou quem estava pagando seu tratamento. Em vez disso, como se falasse com uma criancinha, disse ao neto:

— Fique tranquilo, vou cuidar do Mumei. Faça direitinho seu tratamento e, quando estiver bem, você volta para buscá-lo.

Com crianças assim fazendo crianças, não era de estranhar que o mundo estivesse repleto de crianças.

Quando Yoshirô disse: "Conheço um restaurante aqui perto. Vou te levar para comer algo gostoso, está bem?", subiu ao rosto de Tomo um esboço de sorriso. Com um leve suspiro e a entonação de um ator canastrão, ele respondeu:

— Vovô, obrigado. A propósito, quem diria, o tempo passa rápido, né? Já sou pai!

Contendo o ímpeto de gritar que o neto não tinha nenhuma qualificação para ser pai, Yoshirô preferiu perguntar em tom irônico:

— Em que exatamente você é viciado? Não mais em corridas de cachorro, não é? Continua viciado em figurinhas?

— Vovô, quando a dependência ultrapassa certo nível, ela já não se limita a um único objeto. Trata-se de uma metadependência. Para voltar à sensação de êxtase, qualquer coisa serve.

— No que foi que você apostou? Roleta?

— Não é isso...

Tomo ruborizou e baixou a cabeça. Yoshirô perguntava insistentemente, em busca de ao menos uma resposta concreta. E ao ouvir a negativa do neto, após muito esforço, ficou boquiaberto, sem ar. No instante seguinte, deu uma risada que dissipou sua irritação.

Dizem que o amor dos avós pelos netos é incondicional; para Yoshirô, contudo, Tomo era uma árvore cujos frutos eram só preocupação, não sobrava muito tempo para amor, incondicional ou de outro tipo. Ainda na época em que dava hesitantes passinhos, ele alcançou o console do sistema computacional integrado, então em voga, que controlava a casa inteirinha. Apertando desordenadamente todos os botões, girando os seletores, Tomo causou a maior confusão. Maços de espinafre saíram do congelador um após o outro para serem descongelados, transformando o chão da cozinha em uma verde pradaria; a água da banheira rapidamente começou a ferver, derretendo os patinhos de borracha até que parecessem ovos pochés.

Tomo adorava todo tipo de máquina que, com um ou dois botões apertados, fosse capaz de fazer um montão de coisas; em contrapartida, não demonstrava o menor interesse por blocos de construção ou balanços (enjoava só de dobrar e esticar as pernas para dar impulso umas duas ou três vezes). Bolas não o atraíam, não tentava agarrá-las nem quando rolavam pelo chão. Mesmo que lessem para ele livros infantis, não prestava atenção alguma e, diante de outras crianças, não conversava nem conseguia brincar. Na melhor das hipóteses, puxava os cabelos delas, fazendo-as chorar. Contudo, ao ver um interruptor, seus olhos brilhavam e logo queria apertá-lo. Sendo assim, Yoshirô pensava que seria bom se no futuro o menino trabalhasse com programação computacional. No entanto, a verdade era que Tomo não tinha interesse algum nem em computação nem em matemática, ele apenas gostava de apertar botões e ver o pânico das pessoas. Yoshirô pensava que, com uma personalidade assim tão anárquica, ele poderia se tornar um artista e se dedicar a intervenções ou a algo do tipo. Por isso chegou a levá-lo a exposições e a performances de arte contemporânea. Entretanto, para Tomo não havia nada tão detestável quanto a arte. Na verdade, a única vez que demonstrou um vislumbre de interesse por um performer nu, com o corpo todo pintado de vermelho, dançando no saguão do Museu de Belas-Artes entre serpentinas, terminou após alguns segundos, com ele fazendo uma careta de fastio e sussurrando para Yoshirô:

— Mais arte? Que porre!

Tomo passou a juventude diante da tela empunhando espadas virtuais em batalhas com lagartos gigantes e peludos; lendo mangás góticos enviados todos os dias para seu celular; adormecendo na cama dos protagonistas de uma novela, com a televisão ainda ligada; jogando vasos antigos pela janela a fim de estilhaçá-los. Quanto às notas escolares, mantinha-se na corda bamba com dificuldade, cai não cai. Como as aulas lhe pareciam insuportavelmente longas, ele bocejava a ponto de quase deslocar a mandíbula; espetava com o lápis o colega da frente; cutucava o nariz, olhava repetidas vezes o relógio... Tudo isso enfurecia os professores. Ele sempre dizia que, se a aula acabasse em cinco minutos, teria vontade de estudar. Yoshirô ignorava o menino, pensando que dizia tal absurdo de propósito, só para irritar as pessoas, mas talvez Tomo estivesse falando sério.

Às vezes Yoshirô desejava que, em vez de seu neto, Tomo fosse personagem de um de seus romances. Assim não se irritaria tanto, seria bem mais divertido para ele e para os leitores. Embora não apreciasse livros ou coisas do gênero, estranhamente, Tomo tinha forte consciência da importância do avô como romancista, e diante dos amigos se gabava por ser neto do escritor cujos livros, furtados de livrarias e jamais lidos, exibia em seu quarto. Yoshirô até sabia de pessoas que faziam apostas nos escritores com mais chance de ganhar o prêmio Nobel de Literatura, apostas semelhantes às feitas em corridas de cavalo, movimentando altas somas de dinheiro, mas, nem sequer poderia imaginar que o próprio neto se tornaria vítima de um esquema desses.

— Você nem lê, por que achou que poderia prever o ganhador do Nobel de Literatura?

— Quando se trata de apostas, um verdadeiro profissional triunfa a despeito da área em que esteja apostando.

— Você não apostou simplesmente em nomes considerados favoritos pelo gerente de apostas? Nunca passou por sua cabeça que talvez essas listas sejam manipuladas para tomar o dinheiro dos outros?

Como o reencontro com Tomo, ao lado do berço de Mumei, terminou em sorrisos, Yoshirô reteve uma memória alegre desse dia. Tomo regressou à instituição de tratamento com a promessa de voltar limpo. A palavra *limpo* soou falsa aos ouvidos de Yoshirô, afinal eles não estavam em um comercial de detergente, mas nada disse.

Quando, um mês após seu nascimento, Mumei teve alta e Yoshirô pôde finalmente levar o menino para casa, cantarolando com a criança no colo, más notícias o aguardavam. Tomo fugira da instituição de tratamento e estava desaparecido. Quem sabe ele tivesse escapulido para tornar a ver o rosto de Mumei? Essa esperança iluminava como um farol os quatro pontos cardeais, mas o mar seguiu escuro.

Yoshirô hesitava se devia ou não avisar a polícia sobre o sumiço do neto. Embora ele não desgostasse da polícia, agora privatizada, gostar e confiar eram coisas diferentes.

As apresentações musicais tornaram-se uma das principais atividades dos guardas, que passaram a desfilar uniformizados pela cidade chacoalhando os quadris ao som de célebres músicas de circo e *chindon'ya*.* Os policiais tornaram-se muito populares entre as crianças, e até Yoshirô tinha vontade de segui-los de vez em quando. No entanto, além das bandas de fanfarra, ninguém sabia o que mais eles faziam. O sistema *kôban* de postos de polícia fora abolido. Os postos de antigamente, agora renomeados para Guias para Localização, desvincularam-se das delegacias e passaram a funcionar como um serviço pago, encarregado de indicar caminhos e fornecer informações a turistas. Palavras como "suspeita", "investigação" e "prisão" deixaram de ser vistas nos jornais. Havia também a hipótese de que, com a proibição dos seguros de vida, os homicídios haviam praticamente desaparecido, mas Yoshirô tinha dúvidas a esse respeito.

A situação de Mumei, órfão de mãe e com o pai sumido, era digna de muita pena, mas tanto a morte quanto o desaparecimento eram questões particulares, Yoshirô sentia vergonha de envolver a polícia. Segurando a mãozinha do bebê, balançando-a levemente, sentindo explodir dentro de si a vontade de rir e chorar alto, ele só conseguiu dizer: "Vamos vencer juntos, parceiro". Por que "parceiro", palavra que até então ele nunca tinha usado? Provavelmente ele queria dizer "camarada", mas, talvez por causa das lembranças incômodas associadas ao termo, saiu "parceiro".

Foi bom não ter notificado a polícia. Logo chegou uma carta de Tomo.

Dei tchau pra instituição. Foi mal ter te preocupado. Mas tem uma razão certa pra isso. A droga do novo diretor era também o Líder Supremo do Culto à Humanidade. Eu tava ferrado. Todo dia era dogma. Pra você ver, não botavam feijão na comida, não podia

---

* Gênero musical executado por artistas de rua contratados para fazer propaganda de lojas, restaurantes etc. [N. T.]

usar cueca colorida, tinha que dividir o cabelo bem no meio. Era só regra nojenta que dava medo. E tudo fedia a sangue. Por isso eu fugi. Fiquei dormindo na rua por um tempo, mas esbarrei com um amigo das antigas e fui convidado pruma parada numa fábrica de brinquedos. Só contratam zumbis dependentes, que nem a gente. Todo trabalho na fábrica é tipo uma casa de apostas. Se perder, vira escravo; se ganhar, vira tirano. O salário é uma mixaria, mas tem rango, lugar pra dormir, roupa, tudo é garantido. Faz tempo que eu não vivia sem preocupação. As roletas são velhas, mas os caras não trapaceiam; até que eu ganho bastante.

Yoshirô havia decidido de coração que, quando Mumei começasse a falar e perguntasse "Cadê meu pai?", ele responderia: "Morando em um lugar distante para tratar de uma doença séria". Se Mumei perguntasse "Que doença?", ele provavelmente diria: "Uma que torna a pessoa obcecada por um único tipo de brincadeira, ela só quer brincar disso". No entanto, até aquele momento, o bisneto nunca havia demonstrado qualquer curiosidade sobre seus pais. Desde que começara a frequentar a escola primária, onde não havia sequer uma criança criada por ambos os pais, praticamente não surgiam conversas sobre *pai* ou *mãe*.

Já fazia um tempo que a palavra *órfão* não era usada para se referir a crianças sem pais. Elas agora eram chamadas de *doku ritsu jido*, "crianças independentes". Contudo, toda vez que Yoshirô usava essa nova expressão, sentia-se incomodado com o fato de que o ideograma usado para significar "independente" (独 *doku*) evocasse a imagem de um cachorro desgarrado de sua matilha, que sobrevive agarrando-se a um humano, sem largá-lo jamais.

Havia cerca de cinquenta "crianças independentes" na instituição que Marika dirigia. Sua administração era bastante elogiada, apesar das condições adversas; contudo, entre Marika e a instituição acabou se estabelecendo uma relação de dependência nada saudável. Se ela tirasse uma licença de três dias, talvez a instituição desabasse como um castelo de cartas. Não havia outro registro de informações essenciais a não ser no cérebro dela. Por exemplo, caso o entregador de verduras não pudesse fazer a entrega semanal conforme o previsto, apenas Marika teria o contato de outro fornecedor que pudesse entregar os produtos de imediato, ou, se isso não fosse possível, somente ela saberia que alterações fazer no cardápio. Ou então, por falta de médicos, quando as crianças sofriam fraturas, tinham diarreia incessante ou dificuldade para respirar, se nenhum hospital se dispusesse a enviar um médico, só Marika conseguia trazer algum profissional para atendê-las. Tudo isso não seria possível sem a capacidade de persuasão, os conhecimentos e a lista de contatos de Marika, coisas que não podiam ser simplesmente convertidas em dados passíveis de armazenamento. A instituição sobrevivia amparada no funcionamento excelente do cérebro dessa mulher que, no momento em que ocorresse um problema real, num átimo escolheria algumas dentre cem milhões de experiências acumuladas no passado e as processaria a fim de encontrar uma solução adequada.

Marika queria visitar Mumei e Yoshirô e conversar com eles, nem que fosse por apenas uma noite; a família reunida em torno de uma panela de cozido. Determinada a encontrá-los de qualquer forma, esforçou-se para combinar os horários de partida dos trens e ônibus, que eram espaçados e desencontrados.

Ela estava acostumada a acordar cedo, com tudo ainda escuro. Fosse verão ou inverno, todas as manhãs, antes que o sol se erguesse num salto, cravando as unhas na linha do horizonte, Marika saía da cama e acendia a vela de dez centímetros de altura e cinco de diâmetro posta sobre a escrivaninha.

Se num momento a chama laranja se alongava e tremia, no outro, encolhia e agonizava, como se feita de borracha. Esse fogo controlava a ansiedade de Marika para terminar logo as tarefas que haviam sobrado do dia anterior.

Naquela manhã, porém, ela pegou sua pequena bolsa e saiu da instituição antes mesmo de riscar o fósforo e acender a vela. O terreno da instituição parecia maior do que de costume enquanto ela o atravessava correndo, acossada por vagos sentimentos de culpa, com a sensação de ter negligenciado rituais importantes. Entre um poste de luz e o seguinte, seus pés sumiam engolidos pela escuridão. Fora do terreno, onde não havia iluminação, era possível sentir a alvorada se aproximando sem saber de onde. Fazia tempo desde a última vez que esperara um ônibus. Enquanto fitava a sombra dos arvoredos e o contorno dos montes ao longe, como que delineados em nanquim, o ônibus se aproximou, cortando a escuridão com dois fachos de luz. O primeiro ônibus do dia veio sem sequer um passageiro. A silhueta do motorista, que não levantou o rosto nem quando Marika pagou a passagem, desapareceu atrás da divisória quando ela se sentou. Marika desceu na estação de trem, a parada final, onde não havia placas nem pessoas. Ela se sentou no banco gelado da sala de espera e aguçou os ouvidos. À medida que o tempo passava, começou a se questionar se estava mesmo em uma estação. Com base na experiência, ela presumira isso, mas as coisas podiam ter mudado recentemente. Talvez o local tivesse deixado de funcionar como estação sem que ela soubesse.

Após certo tempo, um homem de cartola e uma mulher com uma grande bolsa, vindos de diferentes portões, sentaram-se juntos no mesmo banco, como se tivessem combinado. Marika teve a impressão de ter visto cena semelhante em um filme de espionagem que assistira durante a infância. Ela os observou por alguns minutos tentando descobrir se os dois eram mesmo desconhecidos ou se haviam acertado o encontro antes. A certa altura, a campainha da sala de espera ressoou ruidosamente secundada pelo som do trem se aproximando. Quando Marika saiu para a plataforma, o céu clareava ao leste, com a luz correndo no alto como um animal caçado.

Mesmo sabendo que a viagem seria cansativa, cheia de baldeações, ela teve a impressão de que se deslocaria veloz e suavemente até Mumei e Yoshirô. Entretanto, cada vez que baldeava e passava à sala de espera para aguardar os demais passageiros, a chegada do próximo trem e o momento do embarque, Marika perdia de vista seu destino e o propósito que a trouxera ali. Nenhum dos trens levava ao local para onde ela de fato queria ir, empurrando-a friamente para algum lugar no meio do nada. Mesmo que não se importasse de trocar de trem repetidas vezes, sempre que o fazia tinha a impressão de ser a única forçada a fazer tantas baldeações. Se era esse o caso, quem montara a grade de horários dessa forma, e por qual motivo? Marika tinha um talento especial para interpretar o mundo ao redor como uma rede de conspirações.

Ela finalmente desceu em seu destino. Mais uma vez esperou o ônibus em frente à estação, embarcou, suportou os solavancos até chegar ao ponto em que devia descer. O anseio de encontrar Yoshirô e Mumei dilacerava-lhe o peito. Mesmo sem querer seu corpo se adiantava, arfava. Por fim, avistou duas longas fileiras de casas pré-fabricadas estendendo-se à esquerda e à direita. Marika começou a correr entre elas, com passos curtos e ligeiros, para a frente, para a frente, mais para a frente. Quantas dezenas de casas idênticas havia em cada quarteirão? Quando pensou que a casa à qual queria chegar quase desaparecia no meio de um número avassalador de casas em sequência, ela finalmente a vislumbrou. Yoshirô e Mumei estavam de pé, um ao lado do outro, acenando para que ela viesse como um gato da sorte. Ela achava que nessas ocasiões as pessoas costumavam acenar da esquerda para a direita como um metrônomo, porém talvez tivesse essa impressão porque no passado somente assistira a filmes estrangeiros. Dois gatos da sorte: um grande e um pequeno. Obrigada por me acenarem. De repente, Marika achou engraçado, inclinou-se para a frente e, rindo, saiu correndo a todo vapor.

— A bisa chegou! — não se sabia se a voz brincalhona a proferir a frase era da própria recém-chegada, de seu esposo ou do bisneto. A felicidade explodiu em fogos de artifício no coração dos três, que saltitavam como coelhos no início da primavera. Dentro de casa, a panela de barro os esperava, fumegando.

Ao encontrar no meio das almofadas o lugar destinado às suas nádegas, Marika se acomodou como se tivesse criado raízes. Sentados do outro lado da cortina de vapor, Yoshirô e Mumei pareciam eremitas das montanhas afundados na neblina. Mumei ria *rá, rá, rá*, e, por mais que mergulhasse os pauzinhos no caldo fervente, não conseguia pescar nada. Felizmente, os pauzinhos ao lado estavam sempre prontos a compensar sua falta de destreza, depositando na tigela do menino iguarias da terra e do mar. Sempre que emergiam da panela um camarão e um cogumelo maitake, delícias que eles raramente comiam, Yoshirô e Marika se livravam das lembranças infelizes da contaminação de alimentos; resgatavam com uma rede as memórias alegres, pescavam-nas com paciência e as colocavam em pratinhos, apreciando avidamente os pedaços bem quentes (mesmo que se desfizessem como um tofu macio ao toque dos pauzinhos). Mas o tempo impiedoso transcorreu depressa. No momento em que um pedaço de acelga esquecido no fundo da panela começou a se desmanchar, o relógio de pêndulo badalou.

— Ah, preciso ir — disse Marika. Ela se levantou, enfiou os braços com força nas mangas torcidas da jaqueta, abotoou-a meticulosamente até o pescoço, mesmo não estando frio. Em seguida calçou os sapatos, que rapidamente pareceram muito apertados. Começou então a murmurar:

— Até a próxima. Quero voltar em breve, mas... se possível... realmente logo... quero voltar, de novo... mas mesmo que não seja muito em breve, quero voltar, não importa o que aconteça, algum dia... eu não...

Impelida pelas palavras, que saíam e não saíam, ela começou a andar como se arrancasse, amassasse e jogasse fora a página de um bloco de anotações. Trazia a face franzida e banhada de lágrimas, a voz se apagando no meio das frases...

— Eu te levo! — gritou Yoshirô atrás dela. Enquanto ele tentava equilibrar Mumei nos braços para pô-lo no bagageiro da bicicleta, Marika voltou-se para o esposo e, com o rosto protegido pelas mãos, disse-lhe:

— Não precisa, vou sozinha.

A frase saiu cantarolada como se entoasse uma canção popular, estratégia criada no calor da hora para disfarçar a voz de choro. Com passos mais e mais velozes, em pouco tempo começou a correr. Embora não estivesse em nenhum evento esportivo, manteve os cotovelos rentes ao corpo, movendo-os com vigor para trás e para a frente; apertou a mandíbula e, projetando o queixo, correu, correu e correu. Talvez aquela fosse a melhor conduta para se escapar de um incêndio. Queimar significava doer. Ela sempre odiou despedidas, e foi ficando pior com o passar dos anos. Acabava pensando em soluções infantis; preferia conservar um band-aid, pegajoso, encardido, começando a apodrecer, a ter de retirá-lo enfrentando a dor de tocar na ferida ainda não cicatrizada.

Mesmo aos solavancos no trem, no ônibus, o rosto do bisneto não desaparecia da retina de Marika. Embora tivesse voltado ao trabalho, sendo subitamente soterrada por uma avalanche de tarefas, no intervalo entre uma inspiração e uma expiração, conseguia ouvir o riso de Mumei. O que Marika temia mais que tudo era que o afeto, que deveria sentir de forma equânime por todas as crianças da instituição, se esvaísse de modo involuntário, concentrando-se exclusivamente em Mumei.

Há pouco tempo Marika fora nomeada chefe do comitê de seleção de um projeto não governamental altamente sigiloso que indicava crianças especialmente brilhantes para serem enviadas ao exterior como emissárias. Apesar da grande quantidade de crianças abrigadas na instituição dirigida por Marika, não era fácil encontrar candidatos adequados ao projeto. Uma criança que tivesse raciocínio rápido, mas só o usasse em proveito próprio, seria reprovada. Da mesma maneira, crianças com forte senso de responsabilidade, mas cujas habilidades linguísticas não fossem excelentes, tampouco passariam. As eloquentes mas absortas na própria conversa estariam fora. As empáticas, aptas a sentir a dor das outras crianças, que descambassem para o sentimentalismo, também. As muito determinadas, mas inteiramente dominadas pelo desejo de conquistar súditos e criar facções, da mesma forma; assim como as antissociais, as incapazes de suportar a solidão e as destituídas de coragem e talento para romper com a visão de mundo já estabelecida. Também reprovavam as crianças sempre do contra, as oportunistas e aquelas cujo humor oscilava bastante. Criança alguma parecia reunir as qualidades necessárias para passar pela triagem, exceto por um candidato perfeito.

 Marika não queria enviar Mumei nessa missão perigosa. Preferia deixá-lo sob a proteção de Yoshirô, lutando até o fim por essa existência pacífica que levara até então. Por sua fragilidade física, ninguém sabia ao certo quanto tempo ele ainda viveria; por isso, não convinha expô-lo ao perigo. Marika pensava que, se ela ficasse quieta, Mumei não seria descoberto pelos membros do comitê.

Sempre que via uma das criancinhas do instituto cair e chorar, Marika se lembrava da época em que Amana era pequena e muito chorona. Naquele tempo, predominava a teoria de que era melhor consolar as crianças assim que chorassem em vez de insistir para que bancassem as duronas, o que poderia desencorajá-las de pedir ajuda, encurtando seu tempo de vida. Por isso, Marika consolava a filha abraçando-a logo que começava a chorar. Havia vezes em que, enquanto estavam abraçadas, sentia seus corpos conectados por uma artéria invisível... e se afastava de repente da filha.

Havia outra coisa de que ela se lembrava. Quando Amana tinha três anos, elas foram passar alguns dias na casa dos pais de Marika. Ali, sentadas frente a frente em um cômodo da casa que tinha um relógio de pêndulo, as duas resolveram brincar de cama de gato. De repente, Marika enxergou vasos sanguíneos muito delgados se projetando para fora do corpo e subindo pelas paredes como teias de aranha. Os fios subiam até o teto e se emaranhavam no relógio. Sentindo um calafrio, Marika se pôs de pé. Até então ela nunca havia pensado na história da casa, onde haviam nascido e morrido várias gerações de pessoas cujos nomes ignorava e pela vida das quais jamais se interessara até aquele momento. O suor das mulheres obrigadas a trabalhar como escravas estava na parede, e o sêmen do proprietário que as violava entranhara-se nas colunas da casa. Ela sentiu o cheiro do suor frio de um filho que estrangulara o pai acamado para receber logo sua herança. As paredes e o teto que testemunharam essas atrocidades a encaravam naquele momento, assim como o sofrimento dos casais, levado pelo encanamento que conectava a latrina ao esgoto. A mãe que transformara quimicamente a solidão em ambição, esganando o filho, pressionando seu pescoço fino entre suas coxas suadas. E as esposas que misturavam as próprias fezes ao caldo de missô dos maridos, cuja traição elas fingiam desconhecer.

O belo incendiário que fora visto rondando a casa podia ter sido um ex-funcionário, injustamente demitido. O cordão umbilical que liga as gerações de uma respeitável e antiga família também é uma corda que aperta o pescoço. Marika queria cortar laços com essa árvore genealógica ensanguentada, com esses familiares que compartilhavam prazeres secretos.

"Minha verdadeira família são as pessoas que encontro por acaso nas cafeterias", pensou Marika. "As crianças do instituto são os meus descendentes."

Ao ver pela primeira vez a moradia simples em que Mumei e Yoshirô estavam vivendo provisoriamente, Marika sentiu um frescor. No começo ela se manteve calada. Como não era por opção que eles estavam vivendo como refugiados, Marika pensou que talvez pegasse mal fazer qualquer comentário. No entanto, ao perceber o quanto Yoshirô gostava daquela casa, acabou relaxando. Era uma moradia simples, feita de madeira, sem o peso de uma casa antiga nem a arrogância de um apartamento.

Eles haviam tido a sorte de contar com bons carpinteiros, que ergueram rapidamente e com esmero as casas naquela área, como Yoshirô lhe explicou. Contudo, alguns quilômetros à frente, as casas, a um custo três vezes mais alto, tinham sido construídas por um ogro.* Por dentro, elas eram mais quentes no verão e mais frias no inverno; a ventilação era ruim e as paredes, tão finas que se podia ouvir qualquer suspiro vindo da casa vizinha.

O número de casas temporárias tinha aumentado expressivamente na região que vai de Tama até Nagano, e estava previsto que, dali em diante, ao longo da rota de Nakasendo até Kyoto, a população cresceria aos poucos às margens da estrada.

---

* Esse trecho faz referência ao conto "Oniroku e o carpinteiro", da província de Iwate, sobre um carpinteiro e um ogro chamado Oniroku. [N. T.]

Não havia mais pessoas vivendo no centro de Tóquio. Embora ninguém tivesse ouvido falar nada sobre a mudança de sede do Congresso Nacional e da Suprema Corte, já se sabia que os prédios que os abrigaram até então já não estavam em uso, tinham se convertido em conchas vazias. Quando o Estado japonês foi privatizado, houve rumores afirmando que os parlamentares e juízes ainda na ativa foram aposentados e se mudaram para uma área residencial de luxo chamada A Floresta de Satsuma, construída em Kyushu. Em que raios de lugar estariam trabalhando os novos deputados eleitos? Será que esses congressistas realmente existiam ou eram apenas nomes e fotos de pessoas fictícias? Yoshirô se lembrava de ter ido até a prefeitura onde ficava sua sessão eleitoral e de ter escrito o nome do seu candidato em um papel, enfiando-o na urna. Até ali era realidade. Ao menos o lápis com o qual escrevera o nome no papel era real.

O principal trabalho dos parlamentares era elaborar leis. Como estas viviam mudando, era certo que alguém as modificava. Contudo, não havia nenhuma informação acerca de quem o fazia, de que modo e por qual motivo. Com medo de serem queimados por leis das quais não tinham ouvido falar (as leis não eram visíveis em si mesmas, mas sim por seus efeitos), todos mantinham a intuição afiada como uma faca, se contendo e se autocensurando diariamente.

Quando entrou em vigor a política de isolamento, Yoshirô e Marika não foram os únicos a ficarem chocados demais para reagir com algo além de interjeições. Os jornais foram tomados por artigos dizendo que "havia muitas coisas boas no período Edo" e que "a política de isolamento não era necessariamente ruim". Embora os autores desses artigos fossem em verdade contrários ao isolamento, eles não suportavam o fato de a decisão ter sido tomada arbitrariamente, sem que eles fossem informados, enlameando seus rostos com a humilhação.

Mesmo assim, se admitissem que foram enganados como o restante do povo, fariam o papel de tolos e já não conseguiriam vender seu peixe. Então acabaram dando a desculpa de que "na verdade, desde o início nós éramos a favor do isolamento e pretendíamos propô-lo ao governo". Tal declaração, que revelava quão maus perdedores eram esses supostos intelectuais, enrubesceria até a raposa de Esopo, que desdenhou falsamente as uvas que desejava.

Quando Yoshirô apresentou ao jornal um ensaio intitulado "O Japão não foi isolado", recusaram-se a publicá-lo. Ele tinha a convicção de que escrevera sobre o quão vigoroso era, durante o período Edo, o intercâmbio do Japão com o mundo exterior por meio da China e da Holanda, entre outros países. Disseram-lhe, porém, que o motivo de o ensaio não ter sido publicado foi um parecer desfavorável do especialista que o jornal sempre consultava. Ele decidiu segurar o artigo até que uma revista lhe pedisse uma contribuição, mas estranhamente, todas as revistas deixaram de procurá-lo depois disso.

Muito irritado, Yoshirô escreveu uma história infantil e a enviou a uma editora pela qual já havia publicado um livro. Era a história de uma estudante do sexto ano. No país onde vivia essa menina, havia uma regra que determinava que todas as crianças deveriam trazer como almoço uma porção de arroz branco com uma ameixa no meio. Por isso, toda manhã sua mãe lhe preparava uma marmita com arroz branco e ameixa em conserva. Escondendo entre duas camadas de arroz a cor preta da alga nori e colocando espinafre e omelete em outros recipientes como guarnição, ela entregava as marmitas à menina e ao seu irmão caçula. Um dia, a mãe sofreu um acidente de carro e foi internada. O pai das crianças estava viajando a negócios e não pôde regressar imediatamente. Naquela noite, o irmãozinho da menina chorou até pegar no sono. Na manhã subsequente, a fim de consolá-lo, a menina cortou a alga em formato de urso panda e a pôs sobre o arroz na marmita do irmão, que, feliz da vida, foi para a escola e se gabou da comida para todos os colegas de classe. Contudo, no dia seguinte, a menina foi mandada para um reformatório e a mãe, que teve alta do hospital, foi presa.

Infelizmente, a história infantil escrita por Yoshirô não foi publicada. A editora recusou-a com uma carta dizendo que "as crianças não compreenderiam esse tipo de assunto".

***

De noite, ao cobrir-se até o nariz com o fresco lençol de seda, Marika às vezes dava risadinhas lembrando-se do tempo remoto em que ela e Yoshirô costumavam ter relações sexuais. Isso já fazia oitenta anos. As imagens que lhe vinham à mente eram mais de dinossauros flertando que de um paraíso erótico entre lençóis.

A pele e o porte de Marika ainda eram joviais, mas por dentro seu corpo tinha mudado por completo. Antigamente tinha a sensação dos mamilos saltados; agora os seios ficavam muito intumescidos, protegendo do ataque inimigo a linha de frente. Quando jovem, talvez por causa das terminações nervosas ainda pouco desenvolvidas, suas nádegas ficavam sempre frias. Ao ser tocada nessa região pela primeira vez, surpreendeu-se com o fato de a sua existência se estender até aquele ponto tão recuado. Depois de velha, no entanto, vangloriava-se de ter todo o traseiro sempre quente e disposto a lhe dar ordens: "Vamos, levante-se e abra a janela"; "Sente-se e verifique as faturas mais uma vez". Tempos atrás, costumava se dizer que os maridos submissos tinham sido "esmagados pelo traseiro da esposa", agora era Marika que se sentia esmagada pelo próprio traseiro.

"Toda a espécie humana está se feminilizando", defendiam alguns especialistas; outros argumentavam que quem nascera menino se feminilizaria e quem nascera menina se masculinizaria.

Nas culturas que determinavam o aborto de fetos do sexo feminino, a natureza, ferida em seu equilíbrio, encolerizou-se e começou a usar diversos ardis. Um deles consistia em assegurar que ninguém permanecesse com o mesmo sexo por toda a vida: todos passariam por uma transição sexual necessariamente uma ou duas vezes, não dava para saber de antemão quantas vezes isso ocorreria.

Sobre a cômoda, Yoshirô pôs uma foto do Ano-Novo enviada por Marika. Tirada no instituto, na virada do ano, a foto mostrava uma criança de olhos semicerrados com a cabeça, que parecia pesada, apoiada no ombro esquerdo de Marika. A imagem era ambígua, a criança tanto podia estar sofrendo com alguma dor quanto sonhando acordada. Ela tinha cílios longos e espessos, lábios de cereja e um pescoço muito fino, com o pomo de adão saliente. Comparado ao pescoço dessa criança, até se podia dizer que o de Mumei era robusto e firme. A criança cujas mãos estavam sobre o outro ombro de Marika projetava o queixo, mostrando a língua para a câmera. Outra criança dormia com a cabeça sobre o colo de Marika; mais uma ainda fazia pose de aluno exemplar, sentada de joelhos sobre o tatame. De pé, ao fundo, mais uma criança exibia um olhar sagaz e a face avermelhada, talvez estivesse febril. Ao redor havia ainda outras crianças que pareciam não ter percebido que estavam sendo fotografadas. Todas pareciam meninas, mas devia haver meninos.

Quando a vontade de rever Yoshirô e Mumei afogava Marika, ela represava esse sentimento no pequeno espaço de um postal e aguardava a maré baixar. Outro dia mesmo enviara a Yoshirô um desses postais onde estava escrito "Como vão vocês dois? Levarei um grande bolo em formato de peixe para comemorar seus cento e oito anos de idade".

Yoshirô não tinha ânimo de elaborar um plano concreto para seu aniversário de cento e oito anos. Se possível, queria algo que fizesse Mumei gritar "Estou no céu!". Poderia ser uma festa no chafariz com todos de maiô ou uma comemoração noturna com fogos de artifício e convidados fantasiados de fantasma. Parecia que muito tempo decorrera desde a última vez que reunira a família para celebrar seu aniversário de noventa e nove anos. Comemorar os noventa e nove anos para evitar o centenário tinha sido uma boa decisão, mas a ideia banal de reunir todos em um restaurante, em torno de uma mesa redonda como os números de um relógio, revelara-se um equívoco. Quanto mais jovens os parentes, maiores eram suas corcundas, mais ralos seus cabelos, pálidos seus rostos e com maior lentidão moviam os pauzinhos. Os mais idosos culpavam-se, julgando que seus descendentes terminaram daquela forma por falta de firmeza da primeira geração, o que pesava sobre o clima de festa.

Embora não fosse claro que a geração de Yoshirô estava condenada a viver eternamente, naquele momento era inegável que tinham sido impedidos de morrer. Quando seus corpos, como o de quaisquer seres vivos, se desgastassem completamente, atingindo o limite de validade dos pés à cabeça, ainda assim, dentro da carne imobilizada, provavelmente restaria apenas a consciência recusando-se ao apagamento e agonizando perpetuamente.

Yoshirô não conseguia compreender por que sua geração deveria celebrar a própria longevidade. Era bom estar vivo, mas isso era normal para os idosos, então, por que comemorar? Pelo contrário, talvez se devesse comemorar o fato de as crianças não terem morrido, apesar da alta taxa de mortalidade infantil. Ele próprio queria comemorar o aniversário de Mumei não apenas uma vez por ano, mas a cada estação. Queria festejar o fato de o menino ter superado mais um inverno sem congelar. Desejava celebrar o fato de ele ter conseguido chegar ao outono sem desmaiar de calor no verão. Na virada das estações, o corpo descarta o que é velho e se revitaliza. Quando a primavera chegava, Yoshirô sentia-se rejuvenescido, mas para Mumei as mudanças sempre foram difíceis, as novas estações eram adversárias que, revezando-se, vinham desafiá-lo constantemente. Ele precisava de energia extra para enfrentar a nova temporada. Para Mumei, as alterações ambientais não se deviam apenas aos equinócios e solstícios. Em meio ao calor sufocante que prometia durar para sempre, com a umidade aumentando aos poucos, logo o suor o empaparia das têmporas às axilas. Se o ar ficasse um pouco mais seco, era tomado de repente por calafrios como se o tivessem desnudado por completo. Com o sol despontando entre as nuvens, a pele do garoto ressecava e rachava, e se uma chuva o encharcasse no fim do dia, ele tremia até os ossos. Não apenas o ar, mas também a comida do dia a dia eram um desafio para Mumei. Se a acidez do suco de laranja corroesse as paredes de seu estômago, ele perderia o valor nutricional e sobrecarregaria o sistema digestivo do menino. O estômago, ontem sossegado após comer cenoura ralada, hoje penava com as fibras do feijão, secretando pouco suco gástrico e se enchendo de gases.

Sempre preocupado, atento a Mumei, Yoshirô segurou o próprio queixo com a mão esquerda, desviando o olhar do bisneto. Se não tirasse os olhos do menino, receava tornar-se tão frágil e incapaz de se alimentar quanto ele. Se isso acontecesse, quem cuidaria de Mumei? Ele continuava achando que os velhos da sua geração eram de uma espécie completamente distinta daquela das crianças de hoje, uma classe de mamíferos robustos, de nervos grossos, talhados para trabalhar de sol a sol sem pensar em nada nem nunca adoecer.

Buscando algum alimento que Mumei pudesse comer sem dificuldade, Yoshirô sempre espiava a seção de novidades, abstendo-se, porém, de comprar produtos de origem desconhecida.

Não lembrava quando, mas certa vez milhares de pinguins mortos apareceram um uma praia na África do Sul. Uma empresa dirigida por uma gangue internacional de criminosos desidratou a carne dos pinguins, que depois foi moída e transformada em farinha usada em biscoitos para crianças. Segundo o jornal, outra empresa lucrava contrabandeando esses biscoitos para o Japão. Ouvindo falar dos tais biscoitos de carne, Yoshirô logo se lembrou das rações caninas de antigamente. No entanto, ao ler que os biscoitos continham a quantidade ideal de proteínas necessárias ao desenvolvimento das crianças, decidiu comprá-los. Como a carne era proveniente de pinguins do polo Sul, talvez seu grau de contaminação fosse mais baixo, mas a morte em massa podia ter sido devida ao naufrágio de um navio petroleiro nas imediações, o que o preocupava.

Tendo deixado o Japão sem permissão, os criminosos japoneses membros da gangue internacional estavam proibidos de retornar ao seu país natal. "É mais lucrativo e mais seguro traficar com colegas estrangeiros que voltar para casa", escreveu um dos criminosos japoneses em uma carta ultrajante publicada no jornal. Ao ler a carta, Yoshirô gargalhou. A publicação desse tipo de coisa em um jornal significava que a liberdade de expressão ainda não havia se extinguido como o íbis-do-japão.*

Como se tratava de uma organização criminosa, pirata, não era estranho que de suas atividades participassem noruegueses e suecos, os quais se orgulham da tradição viking. Não obstante, também havia nepaleses, suíços etc., povos supostamente sem vínculo com o mar. O alto percentual de japoneses na organização sugeria que a tendência ao isolamento não tinha base genética.

---

* O íbis-do-japão (*Nipponia nippon*) é uma ave branca, da família dos tresquiornitídeos, ameaçada de extinção. [N. E.]

O governo sul-africano anunciou que tomaria uma posição firme contra todas as formas de pirataria. Yoshirô já tinha ouvido falar em gangues internacionais de piratas em uma palestra intitulada "O futuro do tubarão e as perspectivas para o *komaboko*".* Como em palestras não havia censura prévia dos textos, elas constituíam uma fonte privilegiada de informação. Por isso Yoshirô não perdia nenhuma palestra proferida em um raio de até dez quilômetros. Ia caminhando e, ao chegar, encontrava auditórios sempre lotados.

A África do Sul e a Índia foram os primeiros países a se retirar da disputa global em que grandes corporações competindo pelo menor custo de produção transformavam recursos minerais em qualquer coisa que pudessem vender rapidamente, de modo agressivo. Esses países, unidos no que ficou conhecido como Aliança de Gandhi, adotaram então uma política de fortalecimento de suas economias, exportando apenas suas línguas e deixando de importar e exportar os demais produtos. Com isso conquistaram popularidade na nova ordem mundial, despertando inveja nos demais países. Só no futebol Índia e África do Sul se desentendiam; no mais, suas posições sobre a humanidade, o sol e a língua estavam em sintonia. Contrariando a expectativa dos especialistas estrangeiros, eles logo se tornaram cada vez mais prósperos economicamente. Até certo ponto, a política japonesa, que havia interrompido a importação de recursos minerais e a exportação de produtos manufaturados, assemelhava-se às medidas adotadas pelos aliados indo-africanos, no entanto, em função das barreiras linguísticas, sem língua para exportar, chegaram a um beco sem saída. O governo japonês contratou um linguista para defender a tese de que a língua de Okinawa era completamente independente do japonês a fim de vender para a China o "okinawano"

---

* Bolinho feito com uma massa de peixe cozida no vapor. [N. E.]

por um alto preço — o que Okinawa não perdoaria. Caso insistissem nisso, Okinawa ameaçara suspender o envio de frutas para Honshu.

***

Enquanto para Yoshirô as manhãs vinham inundadas de preocupação, para Mumei elas chegavam cheias de diversão e frescor. Naquele momento, o menino lutava contra o monstro das roupas. O tecido não era malvado, mas não cedia facilmente à sua vontade; ele sofria alisando e esticando o pano, e em sua mente começavam a cintilar papéis laranja, azuis e prateados. Mumei queria tirar o pijama, mas a calça tinha duas pernas: enquanto ele pensava qual deveria tirar primeiro, lembrou-se de um polvo. Talvez tivesse na verdade oito pernas que, amarradas de quatro em quatro, pareciam duas. Por isso, quando tentou mover uma das pernas para a direita, quis também movê-la para o lado esquerdo e para cima. Um polvo infiltrara-se em seu corpo. Saia, polvo! Tirou com toda a força a calça do pijama. Teria arrancado também as pernas? Não, elas continuavam lá, apenas o pijama jazia no chão. Tudo bem, mas ele ainda precisava vestir a calça do uniforme para ir à escola. Elas agora eram uma montanha de tecido atravessada por dois túneis. E suas pernas eram trens tentando percorrer esses túneis. Mumei queria voltar algum dia ao Museu da Restauração Meiji para brincar com as réplicas das locomotivas a vapor. Como havia dois túneis, o trem com destino a Tóquio passaria por um deles e pelo outro sairia o trem que seguia em sentido contrário. Devia ser desse jeito, mas embora o pé direito tivesse entrado numa boa, o esquerdo relutava em sair. Como se isso importasse! Deslizam pelos túneis locomotivas a vapor, cor da pele. Piuí, piuí, fom-fom!

— Mumei, já se trocou?

Ao som da voz do bisavô, o polvo correu para se esconder nas meias, as locomotivas se recolheram na garagem e só restou Mumei, que ainda não terminara de se vestir.

Quando o menino, do fundo do coração, disse: "Eu não sirvo pra nada!", Yoshirô respondeu, rindo:

— Tá bem, tá bem! Agora ande logo e vista as calças. Aqui! — Yoshirô, agachado, estendeu as calças para o menino enfiar as pernas.

— Ah, eu queria algo como aquela roupa de trabalho que a gente viu outro dia...

— Que roupa? Ah, aquele macacão? Antigamente as pessoas chamavam aquilo de overall.

— Que legal! Overall, é?

— Mas overall é uma palavra estrangeira; melhor não usá-la.

Como sempre, a frase "melhor não usá-la" soava pouco convincente para Mumei. "O bisavô sabe várias palavras, mas não usa muitas delas; ele me ensina palavras que nunca usa e me pede para não usar também. Por quê?" Mumei viu o rosto do bisavô desfocado, com vários outros sobrepostos ao dele. "Será que as roupas continuariam a existir se deixássemos de chamá-las de determinadas formas? Ou elas sumiriam junto com seus nomes?" Na semana anterior, numa loja de roupa infantil, Mumei pedira insistentemente um macacão, dizendo:

— Não gosto de calças com elástico. Elas deixam marcas na região da cintura, a pele fica coçando.

No entanto, a roupa acabou não sendo comprada sob a alegação de que daria muito trabalho quando, na escola, Mumei fosse sozinho ao banheiro. De todo modo, um dia um encanador foi a casa deles fazer um conserto vestindo macacão e o menino sentiu tanta inveja que nunca mais o esqueceu. Não ganhou um, mas, nesse dia, o bisavô passou a noite em claro costurando uma calça especial para ele.

— Se não se apressar, vai se atrasar!

É isso o que o bisavô sempre diz. Não que eu não goste da escola, mas, sendo forçado a me vestir às pressas e tendo que chegar em um horário determinado, posso passar a odiá-la. Se não consigo me arrumar depressa, a culpa não é minha. As roupas, o suco, os sapatos, todos só fazem o que querem, ninguém me ajuda. Os ponteiros do relógio só pensam neles mesmos, andam rápido sem me esperar. Por que a gente não pode ir à escola só quando tem vontade? O bom da escola é que tem um montão de colegas pra gente brincar. O ruim é que eles perturbam quando você quer estudar. Estudar sozinho é muito melhor. Sempre que tenho algo importante pra dizer ao professor, os colegas atrapalham falando alguma bobagem em voz alta. O garoto atrás de mim puxa meu cabelo enquanto estou pensando, e quando o professor começa a falar de um assunto interessante, alguém interrompe gritando "Quero fazer xixi!". Contando as coisas que odeio na escola, mal posso esperar pelo próximo sábado, quando poderei ficar em casa o dia inteirinho. Quantas vezes tenho de fazer cocô até o próximo feriado? Todas as manhãs o bisavô me incentiva, dizendo:

— Força aí! Quando a gente consegue fazer cocô significa que conseguimos combater os germes.

Hoje é terça-feira. Terça-feira é o dia relacionado ao fogo,* então talvez a gente faça um experimento com fósforos na aula de ciências e eu acabe me queimando. Amanhã é quarta-feira, dia da água,** talvez eu me afogue na piscina aquecida. Queria que aumentassem um pouco a temperatura da água. Normalmente a água é tão fria que me faz gritar e espernear assim que entro na piscina. Isso me cansa muito, minhas pernas

---

* Terça-feira em japonês se escreve 火曜日 *kayôbi*, sendo 火 *hi* o ideograma correspondente a "fogo". [N.T.]   ** Quarta-feira em japonês se escreve 水曜日 *suiyôbi*, sendo 水 *mizu* o ideograma para "água". [N.T.]

ficam moles como macarrão e não consigo mais andar. O professor então me diz, com voz gentil:

— Se estiver cansado, pode se deitar ao lado da piscina para descansar.

Ele não nota que a piscina tem marés? Quando estou deitado, as ondas crescem cada vez mais, ultrapassam a borda da piscina e batem bem na minha cara. Logo uma onda alta vai chegar e me engolir. Vou ofegar e erguer a cabeça tentando respirar, mas a onda quer me levar para o fundo, me puxando pelos pulsos e tornozelos. Mas, espere, já sei o que fazer: vou virar novamente um polvo. Assim, não vou sentir medo da água. Vou passar a quarta-feira transformado em polvo e aguardar a quinta-feira, dia da árvore.* Nesse dia, talvez a cerejeira da escola caia sobre mim e me esmague. Por fora as árvores parecem bem, mas estão doentes. Muitas ficaram ocas por dentro e caem só de alguém suspirar por perto. Por isso, em várias delas placas avisam "Não suspire perto desta árvore!". Agora consigo ver toda uma fileira de cerejeiras caindo como peças de dominó, começando pela mais distante. Saio correndo com tanta rapidez que nenhum galho me atinge. Como é bom correr desse jeito, com todas as forças. A sexta-feira é um dia dourado.** O sol tem apenas um olho, brilhante como ouro. Quando fico sozinho, esse olho me encara, meu corpo fica duro, não consigo me mexer. Por isso não posso brincar sozinho lá fora. Posso ver o barranco atrás da escola desabando, eu sendo soterrado. Ninguém vem me salvar. Meu cotovelo começa a adormecer. Não consigo mais sentir as pernas; quando toco nelas, é como se fossem de outra pessoa.

— Mumei, quer torradas?

---

* Quinta-feira em japonês se escreve 木曜日 *mokuyôbi*, sendo 木 *ki* o ideograma para árvore. [N. T.]   ** Sexta-feira em japonês se escreve 金曜日 *kin'yôbi*, sendo 金 *kin* o ideograma para "ouro". [N. T.]

O cheiro do pão de centeio tostado de leve pelo bisavô dá água na boca, mas mastigar é difícil. Os grãos de centeio são secos e maus, grudam todos de uma vez nas partes macias da minha boca e arranham. Sinto gosto de sangue. Mesmo depois de colher e debulhar o centeio e de moer os grãos, fazer a farinha, sovar e assar o pão, os grãos machucam, eles não desistem. Uma vez perguntei se torrada tinha gosto de sangue. O bisavô fez uma careta como se fosse chorar, daí resolvi não falar mais essas coisas. Com suas sobrancelhas grossas e o queixo quadrado, o bisavô parece forte, mas ele é sensível; chora fácil. Por algum motivo tem pena de mim.

De qualquer modo, como os velhos conseguem morder tranquilamente um pão tão duro? As pessoas de antigamente tinham dentes fortes. De propósito elas assavam biscoitos de arroz duros como pedra e adoravam esses "biscoitos crocantes", que comiam com gosto. Às vezes, pra me fazer rir, o bisavô finge comer esse biscoito duro feito pedra. Seria mais engraçado se ele comesse um de verdade, mas ele me disse que não vendem mais esses biscoitos. Ele costumava abrir bem a boca e prender o biscoito entre os dentes, deixando metade dele para fora. Depois empurrava para baixo essa metade com a mão, e o biscoito de arroz, redondo como a lua, se quebrava ao meio fazendo um som de *crac* que soava como *Gagarin*. Então, empurrava com a língua a metade do biscoito que tinha ficado dentro da boca até os dentes de trás, que eram como pedras de moinho, e a mastigava com cuidado. Também se dizia que, em apartamentos com paredes finas, dava para ouvir o barulho dos vizinhos comendo os biscoitos de arroz. Não só os biscoitos de arroz. Os velhos que trituravam amêndoas torradas e arrancavam com os dentes pedaços de carne seca deviam ser como esquilos ou leões. No *Guia ilustrado dos animais*, eu e meu bisavô não dividiríamos a mesma página.

Nossos antepassados comiam, assados sobre o fogo, vísceras de pássaros e peixes de rio com ovas. De início eu não acreditava nessa história, mas vendo o bisavô comecei a achar que talvez fosse verdade. Os velhos da geração dele são tão diferentes da gente... Não só pelo fato de comerem coisas muito duras, mas também pela quantidade absurda de comida que eles consomem. Meu bisavô come muito e tem energia de sobra. Para gastar essa energia, ele acorda cedo e corre na rua mesmo sem motivo. Já eu e as crianças da minha idade não temos nem uma gota de energia sobrando. Só de me vestir já me canso, e sem forças para caminhar até a escola, acabo sendo levado pelo meu bisavô no bagageiro de sua bicicleta. Sinto vergonha de ser carregado por todo o caminho, então, ao sair de casa, sempre tento dar alguns passos, mas logo minhas pernas ficam tão pesadas que não consigo mais andar.

— Mumei, ainda não está pronto? Vai se atrasar! — diz o bisavô vindo até mim. Sei que ele quer parecer bravo, mas não sinto nem um pouco de medo.

***

Yoshirô inspirava profundamente o odor doce que exalava da nuca de Mumei. Era o mesmo cheiro que sentia ao pegar a filha Amana no colo — nessa época ainda um bebê. Ele achava que aquele era um cheiro de menina, mas Mumei exalava o mesmo aroma, ainda mais intensamente. Depois que Amana chegou à idade adulta, ela teve Tomo. Yoshirô se lembrava da grande ternura que sentira pelos pezinhos do neto quando, certa vez, Amana lhe pedira para vestir meias no bebê (o que ele fez como se embalasse maçãs especialmente valiosas). No entanto, Tomo não cheirava tão bem quanto Mumei. O odor que emanava do corpo infantil de Tomo já era um misto de lama e suor. Quando Tomo entrou na escola primária, começou a usar tênis sem meias. Saía para brincar sempre que tinha vontade, sem nem dizer "já volto". Não era educado nem quieto, mas certamente tinha vigor.

Após o nascimento de Mumei e o retorno de Tomo, Yoshirô certa vez perguntou ao neto:

— Você não ama seu filho?

A pergunta era brega, mas Yoshirô se abalou com o que Tomo retrucou de pronto:

— Como você sabe que ele é meu filho?

Sem querer iniciar uma discussão para escarafunchar a verdade, Yoshirô lançou na lareira do esquecimento as palavras do neto. Porém, com o passar do tempo, ouviu uma voz sussurrando nas cinzas. O próprio Tomo não estava certo de ser realmente o pai de Mumei.

A mãe de Mumei não era uma pata-mandarim nem um pinguim fêmea, aves conhecidas pelo comportamento monogâmico. Parecia mais uma galinha, não sabia nem mesmo escrever o ideograma para "fidelidade", cometia adultério cotidianamente, não dava ouvidos às críticas, era imune à culpa e bebia como um gambá. Como fazia tempo que ela tinha sido cremada, não podia mais esclarecer quem era o pai de Mumei. E mesmo que estivesse viva, talvez nem se lembrasse.

Duvidando da existência de laços biológicos entre ele e Mumei, Yoshirô cogitou enviar uma mecha de cabelos do bisneto para um laboratório de análise genética. Entretanto, observando distraidamente alguns fios de cabelo do menino recolhidos do tatame, Yoshirô irrompeu em risos. Ninguém é capaz de sentir o cheiro dos genes, mas Yoshirô conseguia discernir claramente o aroma doce de bebê que Mumei continuava a exalar. Aí estava a verdade. Se nem a mãe nem o pai de Mumei conseguiam se inebriar com aquele cheiro do mesmo modo que Yoshirô, não era claro que a Mãe Natureza o havia escolhido como pai de criação de Mumei?

***

Da casa vizinha ouvia-se o canto de uma menina que parecia ascender pelo céu azul.

— Libélula, libélula, onde voas?

O som agudo e cristalino da sílaba tônica de *libélula* reverberou na cabeça de Yoshirô. Teria a dona da voz visto uma com seus próprios olhos? Provavelmente não. Yoshirô não conseguia se lembrar da última vez em que vira libélulas. Mesmo que não as avistasse mais, na canção da menina morava uma libélula de outro tipo. Com asas transparentes e o corpo longo, fino e segmentado, ela voava com rapidez para a frente, parava um instante no ar, mudava inesperadamente de direção e partia de novo. Mesmo que por um instante apenas, era curioso como ela conseguia se deter no ar. Yoshirô gostaria de mostrar a Mumei uma libélula, nem que fosse uma única vez.

Como as paredes das moradias provisórias eram finas, dava para ouvir com clareza o canto da menina. Mal terminara a música, uma voz adulta disse:

— Está na hora de ir para a escola.

Às vezes, quando a menina ia à escola, na rua defronte à casa, Yoshirô encontrava a mulher que dela cuidava. Como a menina vestia sempre roupas branquíssimas que lembravam um traje espacial, não dava para ver seu rosto por causa da luz refletida. Yoshirô imaginava que o traje da menina era uma roupa colante movida a energia solar; contudo, quando Mumei comentou "Ela não está linda?", seu bisavô teve de concordar: a roupa não só lembrava um traje espacial como também deixava a menina muito bonita. Talvez fosse a beleza de uma época ainda por vir. Yoshirô lembrou-se das garotas de seu tempo, usando roupas acinturadas ou decotadas, que valorizavam as curvas ou o tamanho dos seios, deixando à mostra, sempre que possível, a pele da nuca e das coxas. Comparada a elas, essa menina que se movia como um buquê de nuvens brancas lhe trouxe à mente mais a impressão de elegância que de sensualidade.

Ela e Mumei iam à escola quase no mesmo horário, mas o colégio dela era ligado a um instituto de pesquisa que selecionava rigorosamente os alunos. Ali, crianças com habilidades extraordinárias recebiam uma educação especializada.

A mulher que cuidava da menina não perdia tempo com conversa fiada; ela cumprimentava os outros apenas com um leve aceno de cabeça e logo virava o rosto. Antigamente, Yoshirô quebraria o gelo sem demora, puxando assunto sobre o tempo: "Hoje está frio", "Hoje está quente", "Parece que vai chover". No entanto, a partir de algum momento, a conversa sobre o clima se tornara difícil para ele. O frio e o calor se misturavam em uma umidade seca e agrediam a pele como se zombassem da linguagem humana para descrever o clima. Se você dissesse "Começou a esquentar de repente, né?", logo sentiria calafrios; se comentasse "Que manhã gelada!", desataria a suar em bicas.

**

Um mês antes haviam afixado no muro de uma escola primária um cartaz em que se lia "Ninguém mais fala do clima nem da revolução", paródia da célebre frase "Enquanto todos só falam do clima, eu falo da revolução". O cartaz não permaneceu muito tempo, foi arrancado no dia seguinte.

Não somente as noções de quente e frio, mas também a distinção entre escuridão e claridade se tornara vaga. Mesmo que o dia estivesse escuro, ao encarar o céu cinzento, sentia-se que uma luz surgia de dentro dele como uma lâmpada, e com o tempo, quando a luz se tornava ofuscante, era preciso desviar o olhar. Se os olhos se fechassem no que parecia ser um dia de ventania, o ar congelava e parava de se mover de repente. À medida que o sol se punha, o contorno dos telhados se iluminava. Quando se acendia a luz dentro de casa por já estar escurecendo, o que dificultava a leitura do jornal, a superfície do papel absorvia a claridade e as letras impressas desapareciam, derretidas na escuridão. Quando se apagavam as luzes na hora de dormir, o brilho excessivo da lua espantava o sono. Estranhando a lua tão brilhante, você abriria a janela e daria pela falta da lua. Veria que o brilho vinha apenas da ponta de um lápis caído na calçada. A iluminação da rua e as luzes das casas estariam todas apagadas, como se obrigassem a noite a ser noite, no entanto, como explicar o fato de que, justamente quando a noite deveria estar mais escura, também amanhecia?

***

Enquanto Mumei calçava os sapatos, Yoshirô foi atraído pelo canto da menina. Ele deu a volta por trás e entrou no terreno da casa vizinha. Nas moradias provisórias não havia muros nem cercas. Yoshirô esticou o pescoço para espiar o interior da casa, mas a cômoda e a escrivaninha jaziam comportadamente em silêncio, não havia nem sombra de gente. Alinhadas sobre o parapeito da janela, dez latas vazias, com cerca de dez centímetros, continham pequenas flores: campânulas roxas, calas amarelas, caliandras vermelhas, dentes-de-leão, hibiscos. "Mumei adoraria essa combinação de cores, e se eu também pusesse alguns vasos na nossa janela?", Yoshirô pensava nisso quando ouviu atrás de si uma voz lhe dando bom-dia. Ele então se virou assustado e viu a vizinha se aproximando. Ela trazia os cabelos brancos firmemente presos em um coque, trajava um vestido vermelho de seda e empurrava uma cadeira de rodas. Na cadeira, usando um vestido branco em vez do traje espacial de costume, a menina sorriu. Dependendo do ângulo de iluminação, seus olhos escuros às vezes mudavam para azul-piscina. Entre eles havia uma grande distância, o que provocava tontura em Yoshirô. O velho desejava que Mumei conversasse com a menina.

— Perdão, estava apenas admirando suas flores. São muito bonitas. Vocês gostariam de conhecer meu bisneto?

Yoshirô recuava devagar enquanto falava, e as duas o seguiram acenando com a cabeça. Nesse momento, Yoshirô notou que Mumei estava agachado ao seu lado. Com a mão, ele girava lentamente o pedal da bicicleta.

— Mumei, cumprimente as vizinhas. Desculpe-me, qual o seu nome? — perguntou Yoshirô, fitando o rosto da menina.

— Meu nome é Suiren — respondeu a menina, acenando com a cabeça em direção a Mumei. Yoshirô sentiu uma segurança maior nos gestos dela, julgando-a mais velha que seu bisneto, apesar de os dois terem a mesma idade. Com o corpo inclinado para a frente, Mumei se aproximou cambaleando da cadeira de rodas, como se fosse tropeçar a qualquer instante.

— Esse é meu bisneto, Mumei. Ele está feliz por conhecer vocês.

Logo depois de apresentá-lo, arrependeu-se de não ter deixado que o próprio menino se apresentasse. Foi quando Mumei, apontando para o bisavô, atalhou alegremente:

— Esse é Yoshirô. Ele está feliz por conhecer vocês.

— Eu me chamo Nemoto.

A mulher da casa ao lado disse o nome dela escandindo bem as sílabas, sem esclarecer, contudo, a natureza de seu vínculo com Suiren. Mumei não tirava os olhos do rosto da menina; sem constrangimento algum, contemplava-o como se o comesse, e mesmo que ela olhasse de volta, ele não se abalava. Pelo contrário, foi Yoshirô quem começou a ficar um tanto quanto envergonhado observando os dois. Então, puxou a mão de Mumei, levando-o de volta para casa enquanto dizia:

— Temos que ir logo para a escola, senão vamos nos atrasar.

Com um pano embebido em solução antisséptica, Yoshirô limpou as mãos do bisneto, sujas do óleo da bicicleta.

Mumei avançava como se a cada passo abrisse suas pernas de pássaro, que se dobravam para dentro a partir dos joelhos. Enquanto fazia grandes círculos com os dois braços para manter o equilíbrio, o menino andava com uma leve bolsa a tiracolo, que batia constantemente em seu delicado quadril. Empurrando a bicicleta, Yoshirô andava ao lado dele o mais lentamente possível, tentando ao máximo fazer de conta que esse era seu ritmo natural. Mumei, por seu turno, fingia não perceber que Yoshirô caminhava devagar de propósito.

Quando Mumei parava, Yoshirô também parava. Após certo tempo, o menino voltava a andar. Mesmo assim, pouco mais de uma dezena de passos adiante, parava de novo. Cada passo era um trabalho árduo.

Dia após dia, Mumei ganhava massa muscular em lugares imperceptíveis. Não eram músculos volumosos, que dessem na vista, mas lhe ofereciam a força necessária para andar do seu jeito; era uma rede de músculos que se estendia por todo seu corpo. Talvez o jeito bípede de andar não seja o melhor, pensava Yoshirô. Da mesma forma que o ser humano parou de usar automóveis, quem sabe algum dia também pare de andar sobre dois pés, dando origem a uma forma de locomoção totalmente diversa. Quando todo mundo começasse a se arrastar pelo chão como um polvo, talvez Mumei participasse das Olimpíadas.

Interrompendo o devaneio incoerente, Yoshirô parou a bicicleta e, abaixando o pezinho de descanso a fim de estacioná-la, disse ao bisneto:

— Andou bem, né? Hoje você conseguiu andar mais do que ontem — e levantou Mumei, segurando-o pelas axilas. A leveza do menino doía em seu peito. Acomodou-o então gentilmente no "trono" a ele designado no bagageiro. Era um trono sob medida para o menino: tinha uma almofada macia, um encosto alto, que protegia a parte de trás da cabeça, descansos para os braços, apoio para os pés, protetor para as panturrilhas e um cinto de segurança verde. Yoshirô começou então a pedalar com mais força.

O espaço em frente ao portão da escola estava movimentado como uma feira. Ao descer da bicicleta, Mumei começou a andar diretamente rumo ao prédio da escola, sem nenhum indício de que olharia para trás. Os responsáveis podiam acompanhar as crianças até a sala de aula, contudo, como sempre, Yoshirô se despedia de Mumei na frente da escola. Observava-o por trás cerca de três segundos antes de abandonar o local como se o enxotassem.

Uma vez dentro da escola, Mumei descalçou os sapatos e os colocou no armário, alinhados pela parte de trás. Nessa escola não havia calçados para uso interno. Com meias de algodão, sentindo o frescor do piso de madeira sob os pés, as crianças caminhavam até a fileira de salas de aula com piso de tatame. Caixas de madeira empilhadas no canto da sala se tornavam mesas quando necessário. Não havia cadeiras. Ao entrar na sala, Mumei costumava se atirar sobre o primeiro colega que avistasse, brincando como um filhote de cachorro. Além deles, havia outros pares de crianças atracadas sobre o tatame, brincando de lutar. A maioria delas eram meninas. Nenhuma delas caía de modo desajeitado. Todas se agachavam e, ao serem derrubadas, se enrolavam como tatus-bolinha. Mesmo os responsáveis mais preocupados, a princípio receando que as crianças se machucassem, com o passar do tempo vieram a compreender que isso dificilmente ocorria.

Yonatani sentiu a garganta apertar como se o calor o sufocasse e afrouxou o cachecol de seda azul. Desse modo decerto perderia, então o enrolou firmemente no pulso esquerdo. "É como a atadura de um soldado ferido", pensou. Nesse momento, seus olhos cruzaram os de Mumei, que o observava sentado no chão. Mumei olhava fixamente o cachecol enrolado no braço de Yonatani com um ar de estranhamento.

— Professor, por que tirou o cachecol?
— Porque estou quente.
— Quente?
— É. Às vezes, do nada, sinto muito calor; também muito frio. É um tipo de menopausa.
— *Menos pausa?*
— Não, menopausa. É quando o corpo passa por mudanças, muda de tom. Como na música, quando a gente muda de um tom maior para um tom menor.

Diziam que os homens de antigamente quase não sofriam de andropausa, mas de uns tempos para cá vem aumentando o número daqueles que reclamam da gravidade dos sintomas desse distúrbio, a ponto de precisarem faltar ao trabalho. Nessa manhã, enquanto lia a coluna social do jornal, Yonatani sentiu seus membros se enregelando de repente, teve um calafrio. Ao calçar as meias, vestir a jaqueta e começar a beber café, seu corpo foi esquentando a partir da garganta, o suor escorrendo pela testa, fazendo-o tirar rapidamente a jaqueta. Para esfriar a cabeça, que começara a ferver como uma chaleira, vestiu um traje leve e foi para a escola. Logo ao entrar no prédio, ouviu um grito de crianças que se digladiavam. Embora racionalmente entendesse que elas estavam se divertindo, seu coração disparou. Havia dez anos deixara de se importar com as batidas de seu coração.

Yonatani já não acreditava, como no início da carreira, que as crianças poderiam se machucar se ele não as vigiasse o tempo todo. Até Mumei, que andava como se fosse cair a qualquer momento, sabia que precisava transferir o peso para a parte inferior do corpo antes de se jogar sobre as costas de Yasukawamaru com os braços estendidos para a frente. Após sinalizar o ataque com grito semelhante ao de um grou, ele espera com paciência o momento em que Yasukawamaru, sentado de costas para ele, vai virar devagar o pescoço. Nesse sentido, mais do que uma luta, Yonatani assistia a uma coreografia precisamente calculada.

A poucos passos das crianças, Yonatani ficou de pé observando-as brincar. Percebendo que, mesmo sem necessidade, suas costas estavam rígidas, a coluna dura feito um pau em posição de alerta, ele logo se agachou para olhar a sala da altura de uma criança. Em sua juventude, os homens altos ainda eram mais valorizados socialmente. Era evidentemente um preconceito adquirido por influência de revistas e filmes estrangeiros. Finda a era Heisei, a sociedade mudou velozmente como pedras rolando colina abaixo. A memória das eras Tempô e Tenmei, exumadas das ruínas de cemitérios, veio para derrubar a noção de que ser mais alto representava alguma vantagem, pois, em períodos de escassez alimentar, os homens altos eram os primeiros a adoecer e morrer.

Yonatani nem sabia quem era a criança mais alta da classe. O ritual anual de medição de altura fora abolido. Alguns professores diziam que crianças não são tecido nem corda, que esticá-las para medir sua altura é desumano. Ao ouvir isso, Yonatani concordou. As crianças devem ser livres para se curvar e dobrar à vontade. Brincando como cachorrinhos, elas desenvolveriam o tipo particular de força física de que necessitavam.

Na época em que Yonatani era menino, a maioria das crianças só podia movimentar o corpo no cenário esportivo. Ele mesmo, aos cinco anos de idade, ingressou no clube masculino de beisebol do bairro; durante o ensino fundamental, obteve sucesso no clube de futebol; no ensino médio, participou do clube de basquete. Treinava oito dias por semana. Ao contar essa história à turma, as crianças gargalharam, discordando:

— Uma semana só tem sete dias!

Mas o treinador dessa época costumava dizer:

— Faça de conta que a semana tem oito dias!

Assim, aos domingos, Yonatani tinha de devorar a comida e terminar o dever de casa duas vezes mais rápido para treinar de manhã e à tarde, tentando viver dois dias em um.

Certa manhã, no início do primeiro semestre de segundo ano do ensino médio, quando as flores de cerejeira já tinham desabrochado completamente, Yonatani de repente se sentiu incapaz de levantar da cama, sem ânimo até para calçar as meias, e acabou deixando o clube de basquete.

Ao longo da infância e da adolescência, mesmo movimentando diariamente o corpo com os amigos enquanto jogavam bola, Yonatani quase não tinha memória do toque nem de seu coração batendo apressado em momentos de contato físico com os outros. Ele contemplava as crianças ao seu redor e a própria imagem movendo-se em um plano bidimensional, como personagens de um anime que ele poderia ver, mas jamais tocar. Quanto às memórias sensuais, a coisa mais próxima disso era a sensação que ele tinha ao vestir a luva de beisebol. O contato com o couro fazia seu coração palpitar de leve, e ele aproximava furtivamente o nariz do couro para inspirar seu doce aroma. Certa vez em que uma colega de classe chamada Michiru esquecera casualmente a mão sobre a carteira escolar, Yonatani a tocou por engano. Ele se afastou de imediato, mas a sensação de carne tépida se gravou na memória como um espanto. Daquele momento em diante, começou a se interessar por Michiru, e mesmo que o cenário cotidiano e tedioso da sala de aula fosse captado em preto e branco, a imagem dela era sempre colorida. Não só isso, os nomes que saíam da boca de Michiru, as letras que escrevia, o que fazia durante os intervalos, entre outras coisas, começaram a chamar sua atenção. De alguma forma, parece que basta tocar o corpo de outra pessoa para que a chave de nosso coração seja roubada.

Ao observar seus alunos, Yonatani tinha a inevitável impressão de que eles eram bem mais evoluídos do que sua própria geração.

Os filhotes de leão lutam de brincadeira a fim de treinar o corpo para sobreviver na enorme savana; da mesma forma, por meio do contato físico, as crianças estavam aprendendo mais sobre a Terra. Se fosse para dar um nome à aula do primeiro período, talvez o mais adequado fosse "brincadeira de luta improvisada". A tarefa do professor responsável pela classe era observar os alunos atentamente, pensava Yonatani. Não monitorar, mas observar.

Mumei se jogou sobre três meninos que se sentavam juntos. Usou a técnica marcial do "estilo polvo" que havia desenvolvido. Quando ficou sem fôlego, se retirou para o canto da sala para pendurar no próprio pescoço a placa em que estava escrito "Volte mais tarde". Ele mesmo inventara essa placa para não ser perturbado pelos colegas quando queria descansar. Inspirou-se no aviso que tinha visto na entrada de um restaurante de soba. Karo-chan se aproximou e, inclinando o pescoço como se o bajulasse, perguntou:

— Como se lê isso?

A menina perguntava pela segunda vez algo que Mumei já tinha lhe explicado no dia anterior. Um pouco impaciente, ele respondeu com rispidez:

— Já não te expliquei ontem? — ao que Karo-chan respondeu, sem demonstrar qualquer constrangimento:

— Esqueci.

"É impossível que ela tenha esquecido os ideogramas que eu ensinei ontem, Karo-chan está zombando de mim", pensou Mumei, zangando-se e levantando um pouco o tom da voz:

— Não enche!

De repente ecoou pela sala um choro alto como uma sirene. Ao notar que era Karo-chan quem chorava, Mumei levou uma bofetada invisível e, num piscar de olhos, entendeu que nem todos os cérebros funcionavam da mesma maneira.

— Desculpa, desculpa. Se lê *jun-bi-tchuu*. Significa que a loja não está pronta e ainda não dá pra entrar — disse Mumei, repetindo exatamente a resposta do dia anterior. Embora ontem a resposta a tivesse convencido de imediato, dessa vez ela retrucou:

— Loja? Que esquisito! Você não é dono de restaurante de soba nem nada...

O comentário deixava clara a tática da menina. Insistindo na pergunta, ela impunha sua vontade pouco a pouco, repetindo a questão e recebendo a mesma resposta, mas reagindo cada vez de um modo. As meninas têm um jeito muito diferente de fazer as coisas, pensou Mumei, o que não significava que todas fossem iguais a Karo-chan. Seu bisavô sempre dizia:

— Não caia nessa de que as meninas são assim, os meninos, assado.

Havia vários tipos de menina. Mumei se lembrou de Suiren, a menina da casa vizinha. Tinha um rosto misterioso, com os olhos afastados. Ele queria voltar logo para casa para rever a face dela. Nesse momento, Yasukawamaru berrou:

— Professor, posso ir ao banheiro?
— Também quero!
— Eu também!

Após considerar o estado da própria bexiga, Mumei não sentiu vontade de ir ao banheiro. Apesar disso, ao ver a onda de cabeças saindo da sala simultaneamente, ele foi levado na mesma direção.

Isso lembrou algo que o bisavô havia lhe ensinado outro dia entre risadas. Yoshirô explicou que toalete é uma palavra de origem estrangeira, sendo melhor não imitar as crianças que a usavam. No entanto, existia uma expressão para "mijar com os amigos", reconhecida como autenticamente japonesa até pelo mais purista dos nacionalistas, que deveria ser sempre usada. O bisavô disse que mijar com ânimo na companhia de amigos era revigorante, oferecendo a ocasião ideal para se deixar levar pelo fluxo da conversa.

O bisavô trazia dentro da cabeça todas aquelas palavras, algumas mortas, outras nem tanto, mas pouco usadas. Logo ele, que insistia para que descartassem louças, brinquedos e outros objetos sem função, arquivara no cérebro um monte de palavras sem serventia que não queria abandonar.

**

Mumei já tinha ouvido falar de uma época em que meninos e meninas iam para escolas diferentes. Depois disso, as escolas se tornaram mistas, contudo, os banheiros passaram a ser chamados de toalete, e começou o período intermediário, em que apenas o toalete e as aulas de educação física separavam os meninos das meninas. Em seguida veio o tempo em que todos passaram a frequentar as aulas de educação física sem distinção de sexo, e apenas os toaletes continuaram separados. Mas mesmo isso agora começa a desaparecer à medida que as diferenças entre os sexos vão ficando menos claras.

Toalete soava para Mumei como *omelete*, o que ele achava contraditório, pois o banheiro era o lugar de pôr as coisas para fora, e omelete era algo que a gente punha para dentro. No entanto, a palavra *toalete* chegara ao Japão através do inglês, e provavelmente não tinha relação alguma com *omelete*.

O banheiro da escola de Mumei era misto, um espaço divertido com cores vibrantes (vermelho, amarelo, azul e verde) voando por todas as direções. Dava para fazer cocô calmamente, sentado em cima de uma flor de lótus, e xixi sobre o crisântemo que desabrocha no canteiro de flores pintado na parede. Mumei também tinha ouvido que os toaletes de antigamente não eram lugares para brincar, mas apenas para fazer as necessidades e sair o mais rápido possível. Se alguém demorasse dentro do banheiro, provavelmente estaria aprontando algo às escondidas. Talvez houvesse o intuito de reduzir, mesmo que só um pouco, o contato com bactérias. Não se sabe a partir de quando coliformes fecais e coisas do tipo deixaram de ser tão temidos. O corpo humano sabia se defender contra eles. O bordão do professor Yonatani era de que hoje devia haver coisas muito mais perigosas no meio ambiente.

Mumei disse a Yanagi-kun que, em pé ao seu lado, lutava com a calça:

— É a península Malaia.

— O quê? — perguntou Yanagi-kun incomodado, enquanto continuava a lutar com o zíper.

— O que você está tentando tirar é a península Malaia — disse Mumei entre risinhos. Dentro da cabeça de Mumei havia um mapa-múndi, e às vezes o que ele via se assemelhava a penínsulas ou alpes de algum país distante. Para Yanagi-kun, península Malaia não fazia o menor sentido.

As calças que Yoshirô tinha feito especialmente para Mumei não tinham zíper nem botões. Os tecidos à esquerda e à direita sobrepunham-se perfeitamente cobrindo a pélvis. Embora Yoshirô tivesse começado a costurar a partir dos oitenta, progrediu depressa por causa de seu entusiasmo e dedicação, chegando a fazer roupas com golas e mangas elaboradas, a ponto de Mumei sentir vergonha de usá-las. Ele rezava para que ninguém o notasse, mas Tatsugoro-kun, observando com perspicácia os detalhes da roupa, logo gritou:

— Que legal! Deixa eu ver!

Imediatamente todas as crianças começaram a olhar para Mumei. Tatsugoro dizia que, quando crescesse, queria desenhar roupas, trabalhar com moda. Tempos atrás as pessoas chamavam de estilista esse tipo de profissional, aparentemente admirado. Não que Tatsugoro quisesse se tornar rico ou famoso, mas parecia que, na vida real, ele queria costurar roupas bem exóticas, como se vislumbradas em sonhos, fazendo com que as pessoas as vestissem.

— Você não gostaria de um terno que te transformasse em cigarra? Basta agitar as mangas e elas vão chiar como as asas da cigarra!

Mumei ficou um pouco assustado e recusou. Outra vez Tatsugoro propôs:

— Não quer experimentar uma calça com cem bolsos?

— Pra que diabos tanto bolso? O que você guardaria neles? — Mumei quis saber.

Tatsugoro respondeu que poderia organizar objetos como lápis, borrachas, balas, bolas de gude, tíquetes de transporte e remédios.

Enquanto os meninos conversavam, entraram no banheiro os três responsáveis pela limpeza naquele mês. Eles discutiam animadamente enquanto observavam um tubo de ensaio com um líquido verde-claro, da cor de uma rã de árvore. Um deles era professor universitário de química, outro parecia trabalhar para uma grande empresa farmacêutica e o último não falava de seu passado. Como Mumei e seus colegas não eram fortes o bastante para limpar o banheiro, a elite dos jovens idosos se voluntariou para higienizar o banheiro das escolas primárias. Talvez por não se satisfazerem exercendo apenas essa função, eles desenvolviam com os próprios recursos novos equipamentos de limpeza e desinfetantes, regularmente doados para as escolas. Sempre que Mumei via essas pessoas sentia vergonha de seus próprios excrementos e tentava fugir do banheiro o mais rápido possível.

Certa vez, ao sair do banheiro, Yanagi deu de cara com esse trio de elite. Ele ficou tenso e os cumprimentou com um "Vocês estão fazendo um excelente trabalho", curvando-se em demasia. Mumei, que observava de longe, ficou impressionado com a expressão usada pelo colega, imaginando onde ele teria aprendido aquilo. Mais tarde, na sala de aula, durante uma discussão sobre formas de cumprimento, Mumei levantou a mão e descreveu a cena. Constrangido, o professor Yonatani explicou que aquele tipo de frase costumava ser empregada pelos patrões quando se dirigiam a seus empregados.

— Você é o patrão daqueles senhores, Yanagi? — indagou o professor.

Com o rosto ruborizado até a base das orelhas, Yanagi retrucou:

— Então como eu deveria ter falado?

— Devia ter dito "desculpa" — opinou Kama-chan, entusiasmada. Pousando a mão gentilmente sobre o ombro da aluna, o professor explicou:

— Dizemos "desculpa" quando pedimos perdão. Vocês não fizeram nada de errado, então não deveriam pedir desculpas.

— Mas a gente não ajuda, não temos serventia, como diz minha bisavó.

— Quase já não se usa essa palavra, "serventia". Lembrem-se bem disso. Ela vem de uma época ultrapassada em que os seres humanos eram divididos em úteis e inúteis. Vocês não devem continuar pensando desse jeito.

— As pessoas não costumavam dizer *arigatô*?

— *Arigatô* parece alguma coisa um pouco doce e crocante...

— Essa palavra também não é mais usada.

Nesse exato momento, alguém se esgoelou gritando "gratidãããão!". Uma risada começou a borbulhar da sola dos pés das crianças até o barulho tomar conta de toda a sala, como água fervendo dentro da panela. Depois de pigarrear exageradamente, o professor Yonatani disse:

— Está na moda gritar "gratidão" em vez de "obrigado" quando se quer agradecer. No entanto, isso soa estranho para os jovens idosos, os idosos comuns e, sobretudo, para os mais velhos. Vocês não percebem?

As crianças responderam em uníssono:

— Nãããããããão!

Mesmo sem ensaiar, os gritos estavam perfeitamente sintonizados. O que raios isso significaria? Ele jamais responderia assim, prolongando a vogal. Haveria algo como um senso rítmico comum a cada geração? Nessa altura, destacando-se do coro de risadas, Tatsugoro disse, franzindo o cenho:

— Noutro dia, minha *Mama* passou lá em casa e disse que "gratidão" é esquisito.

— Você ainda chama sua mãe de *Mama*? Que antiquado! — debochou Yanagi. A mãe de Tatsugoro misturava o termo em desuso, de origem italiana, ao leite em pó da mamadeira que dava ao filho. Embora ela e Tatsugoro já não morassem mais juntos, o menino escutava dentro da cabeça a voz terna de sua *Mama* sussurrando. Ao ser ridicularizado pelo colega, Tatsugoro perdeu a calma e avançou contra Yanagi.

— Uma briga, uma briga, vamos assistir! — disse Mumei sem entusiasmo, como se estivesse lendo a fala de um roteiro. Ao ouvi-lo, Yanagi e Tatsugoro pararam imediatamente, olhando-o com fastio. O que o professor disse em seguida fez com que esquecessem a vontade de brigar.

— Talvez a palavra *arigatô* não seja tão ruim. Quando a usamos para falar de coisas comuns, elas se tornam especiais, raras, despertando surpresa e admiração. *Arigatô!* — disse Yonatani sem muita convicção. Com tanta reviravolta nos costumes, diminuía depressa o número de coisas que os adultos podiam ensinar às crianças com certeza total. Aqueles que tivessem autoconfiança plena não convenciam as crianças. Pelo contrário, os que hesitavam sem disfarce recebiam atenção. Tudo o que Yonatani podia fazer era tatear ao redor, inseguro quanto ao caminho, pensando cuidadosamente nas novidades que encontrava, transformando cada dúvida em palavras para dar a seus alunos. Mas se a incerteza ficasse insuportável, fazendo sua voz vacilar e sumir, a sala de aula se tornaria barulhenta como um ninho de vespas cutucado com vara. Se não fizesse nada, as coisas poderiam sair do controle. "Já sei, vou usar aquele método", pensou Yonatani.

Ele se aproximou do armário no fundo da sala e abriu ruidosamente a porta de correr. Tomado de expectativa, o coração de Mumei disparou. De dentro do armário saiu um mapa-múndi de dois metros de largura. O professor o desenrolou sobre o quadro-negro. Erguendo as mãos para o alto Mumei pulou, gritando:

— Estou no céu!

As outras crianças também pararam de conversar e se sentaram em semicírculo na frente do quadro-negro. Não era apenas Mumei que adorava esse mapa-múndi. Enfunado pelo vento, o mapa se transformou na vela de um grande iate, o cheiro da maré inundou os narizes, o som das ondas, os ouvidos. O corpo das crianças começou a balançar suavemente enquanto a brisa marinha agitava seus cabelos, e o grito de uma gaivota de cauda negra rasgou o céu azul.

— Agora vocês estão por aqui — disse o capitão Yonatani, pondo a longa unha do indicador em um ponto próximo do centro do arquipélago em forma de cavalo-marinho. Havia no mapa muitas manchas marrons. Mumei arrastava para a frente um joelho de cada vez, aproximando-se aos poucos do mapa para averiguar o que era ilha e o que era mancha.

— Antigamente, o Japão era uma península anexada ao continente, mas em algum momento ele se desligou, tornando-se um arquipélago. Até pouco tempo atrás, o arquipélago tinha estado próximo ao continente, porém, com as enormes fendas criadas no fundo do mar pelo último grande terremoto, acabou se afastando. Este mapa foi feito antes disso. Desde então, projetos de observação e pesquisas em larga escala foram realizados, mas ainda não concluídos. O governo diz que o mapa não foi atualizado por falta de recursos. Assim, estão tentando implementar um novo imposto para subsidiar a produção cartográfica. Com o afastamento do continente, ocorreram várias mudanças no clima e na cultura do Japão.

Yonatani não lembrava a partir de que momento ele começara a falar com as crianças do mesmo modo que falava com os adultos. As crianças conseguiam entender o significado geral das palavras sem consultar o dicionário, desde que as novas palavras aparecessem entre vocábulos conhecidos. Ler textos em que houvesse cerca de dez por cento de palavras desconhecidas contribuía para aumentar o repertório dos estudantes. Yonatani ensinava a turma a cultivar as palavras. Ele queria que as crianças plantassem, colhessem, comessem as palavras... e engordassem.

Com olhos como uvas úmidas de orvalho, a turma observava o mapa e ouvia falar dos países de além-mar com grande atenção, sem nunca se entediar. Dentre essas crianças, Yonatani deveria escolher a mais apropriada para se tornar um "emissário", representando internacionalmente o Japão. Yonatani observava diariamente muitos alunos do ensino fundamental, era essa a sua missão. Ele já estava de olho em Mumei, mas, antes de tomar a decisão final, tinha de aguardar para ver de que forma o menino se desenvolveria.

Ainda estavam observando o mapa quando Mumei começou a piscar furiosamente. Ele sentiu a cabeça latejar bem no meio, e as batidas de seu coração passaram do peito para os ouvidos. Do fundo do nariz começou a subir um cheiro, um gosto de sangue. Entretanto, ele sabia que, se dissesse que estava se sentindo mal, o professor provavelmente interromperia a aula de geografia. Então engoliu em seco várias vezes e, com os punhos cerrados, aguentou o mal-estar.

Para Mumei, o mapa-múndi parecia um raio X dos seus órgãos internos. No lado direito do corpo estava a América, no esquerdo, a Eurásia. Ele sentia a Austrália no estômago.

O que o professor acabou de dizer? Que o arquipélago japonês já esteve ligado ao continente? Como podia ser? Havia muito tempo o

Japão era uma península? Será que dava pra caminhar até o continente, cruzar extensões de terra imensas a ponto de sentir a redondeza da Terra, indo tão longe a ponto de perder a consciência?

— Por que o Japão se separou do continente? — alguém perguntou. Mumei tentou olhar para trás para ver quem, mas seu pescoço estava duro, não conseguiu.

— Minha bisavó disse que o Japão fez algo ruim e passou a ser odiado pelo continente — disse Tatsugoro com ar orgulhoso. Ao ouvir isso, Yonatani concordou com um sorriso amarelo.

— Olhem. Estão vendo o grande oceano no meio do mundo? É o oceano Pacífico. À esquerda dele temos a Eurásia e a África; à direita, a América. No fundo deste oceano, há placas que às vezes se movimentam bastante, causando terremotos ou mesmo um tsunami. Não há nada que os seres humanos possam fazer para evitar isso. A Terra é assim mesmo. Não foi só por causa de terremotos e tsunamis que o Japão se tornou o que ele é hoje. Se os desastres naturais fossem nosso único problema, já teríamos nos recuperado há muito tempo. Não somos desse jeito só pelos desastres, entenderam?

Mal Yonatani disse isso, o alarme de incêndio da sala começou a soar de forma ensurdecedora. Ele se aproximou do alarme e desligou o interruptor.

— A Terra é redonda! — antes que Mumei percebesse, sua voz suave, mas bem audível, anunciou. Sem saber ao certo o que queria dizer, as palavras brotaram. As crianças em torno olharam-no com estranheza. Mumei começou a agitar os dois braços como as asas de um pássaro. Era algo que ele fazia quando entrava em desespero, mas os outros acharam que ele estivesse brincando de imitar um grou.

— Sim, Mumei está certo, a Terra é redonda. Este mapa-múndi é a representação da esfera no plano. Eu tinha esquecido de explicar isso — disse o professor, apertando os olhos e depois fingindo coçar a cabeça com embaraço.

Com uma cara de raiva de quem acabara de ser enganado, Yasukawamaru disse:

— Redonda? Então isso aí é uma mentira?

— É o quê!? Redonda? — exclamou Tatsugoro pasmado.

Yonatani não sabia o que responder. Não tinha a intenção de enganá-los. O que pretendia dizer parecia mais importante do que o fato de a Terra ser redonda. No entanto, talvez a forma do planeta também importasse.

— Depois vamos cortar papel para representar a Terra em forma de globo.

Para resistir à dor, Mumei continuava a mover desesperadamente os braços. Era como se os dois lados de sua cabeça estivessem sendo perfurados por picadores de gelo. Curioso que ninguém ao redor notasse isso. Quanto mais isolado ele se sentia, mais borrado tudo ficava. Mumei então fixou o mapa-múndi a fim de ajustar o foco, franzindo a testa entre as sobrancelhas. *Não importa para onde eu olhe, este mapa é o meu retrato. A cordilheira dos Andes se curva para fora e depois para dentro, como o osso da minha perna direita, do quadril ao tornozelo. Os ossos do meu tronco curvam-se para dentro em direção ao cume. Eles se encontravam com a cordilheira que se eleva à esquerda, no mar de Bering. Todos meus ossos são tortos. Não fui eu que os entortei, já vieram assim. Se é isso o que chamam de dor, ela já estava aí desde o início, sem nenhum motivo. A água de uma geleira ártica, o mar gelado, é meu cérebro. O relevo é complicado. Meus pulmões são o deserto de Gobi; a palma da mão esticada ao lado é a Europa. O continente africano tem um peito grande e largo e um quadril estreito. É como um dançarino erguido sobre uma única perna. Meu pescoço, que liga a África à Europa, está torcido, a tireoide e as amígdalas inchadas gritam por socorro. A Austrália é meu estômago, uma grande bolsa cheia de comida. Mas não posso comer nada disso.*

— Dá pra ver? Nos mapas-múndi feitos no Japão, o oceano Pacífico sempre aparece no meio, com o continente americano à direita; a Eurásia e a África à esquerda. Mas abrindo o globo de outro jeito, teríamos outro mapa-múndi — disse o professor, olhando o rosto dos alunos. Mumei foi pego de surpresa. Ao saber da existência de mapas diferentes daquele, por um instante libertou-se da dor causada pela sobreposição do mapa-múndi ao seu corpo. O professor continuou a explicação.

— Fossas oceânicas envolvem o oceano Pacífico, formando um anel. Subindo pela costa da América do Sul, continuando ainda mais ao norte pela Califórnia, virando à esquerda e atravessando o Alasca, ligando a península de Kamchatka às Marianas, desenha-se o anel. O arquipélago japonês está em cima dele. Atualmente esse anel curva-se para dentro na parte leste do Japão.

— Quantos copos d'água tem o oceano Pacífico? — perguntou abruptamente Yanagi. Ouviram-se risadas, mas Yonatani respondeu sem pestanejar:

— Devido ao terremoto, a água foi derramada, então a quantidade talvez tenha diminuído.

— Mentira, mentira, o professor tá mentindo! — era Kama-chan quem gritava com voz aguda. Nesse momento, Mumei sentiu a vibração da Terra no redemoinho de seus cabelos, e a água do Pacífico se espalhou pelo espaço sideral. Seus braços e a ponta dos dedos estavam agora em espasmos. Se continuasse a vibrar dessa forma, os ossos e a carne derreteriam, espalhando-se pelas quatro direções cardeais. *O que farei? Não consigo parar.* Cercado por rostos com expressão assombrada, olhos e bocas à sua volta, Mumei já não sabia quem era quem, a voz não saía. Ele ainda conseguiu enxergar o rosto do professor aumentando de tamanho, cada vez maior, como ondulações na água, depois, só escuridão.

***

A rua era feita de placas de vidro transparente. Abaixo dela, uma cavidade se estendia ao longe. Não dava para ver o fundo. Dizia-se que essas placas podiam suportar um impacto considerável, mas, caso quebrassem, até que ponto cairia quem sobre elas estivesse? Quando se descobriu no subsolo uma grande quantidade de substâncias tóxicas que subia até o asfalto e escorria pela superfície das ruas, os cidadãos se queixaram ao governo, que se negou a investigar os responsáveis pela contaminação. Contrataram então uma empresa especializada em cavar buracos para remover o solo contaminado. A fim de proteger os pedestres, evitando que caíssem no inferno, cobriram os buracos com placas de vidro. As pessoas preferiram não indagar onde tinha sido descartada a terra removida. Um jornalista honesto investigou insistentemente o caso, chegando à conclusão de que o governo a comprara das empresas de escavação a um preço altíssimo. Questionado a respeito, o governo, em desespero, divulgou a explicação de que o material contaminado tinha sido levado por uma nave espacial a fim de ser descartado fora do sistema solar. Essa explicação, dada por um funcionário da Secretaria de Proteção Ambiental, foi recebida com escárnio pela população. Por muitas noites o céu foi inteiramente tomado pelo riso frio das estrelas. Algumas pessoas temiam que a lua tivesse desaparecido de tanto desgosto. Felizmente, após algum tempo ela retornou, exibindo o rosto exausto.

Na noite em que a lua voltou, dilatou-se o peito dos jovens que dormiam profundamente, e do meio de suas pernas dobradas, os joelhos distantes um do outro, subia um aroma inebriante de figo maduro. Mumei acordou com o cheiro doce e, sentindo os lençóis molhados, levantou da cama e avistou uma grande mancha rubra de suco de fruta. Com a impressão de que alguém do lado de fora o vigiava, abriu a cortina. Próxima à linha do horizonte, uma imensa lua, cheia e amarela, o encarava.

Por que a lua estava tão grande naquela noite? Será pelo fato de que ele, com o aumento da miopia, começara a ver embaçado? Estaria na hora de pedir novos óculos? Não, ele já tinha óculos. Podia vê-los sobre a mesa. Mumei já completara quinze anos. Lembrava-se claramente de que, um dia, quando era estudante do ensino fundamental, tinha desmaiado enquanto olhava um mapa-múndi. Parecia que, de alguma forma, a partir dali ele tinha dado um salto no tempo indo parar no futuro. Considerando tudo isso, até que esse eu de agora lhe caía bem. Ele se ajustava perfeitamente na própria pele, sem a folga que se sente ao usar uma jaqueta demasiado grande. Enquanto observava a lua, sentindo os olhos pesados, fechou as pálpebras. Quando tornou a abri-las, já amanhecia. Tirou o pijama, vestiu seu traje de seda azul-piscina, pôs os óculos e amarrou no pescoço uma fina gravata de cor de vinho. Sentou-se na cadeira de rodas e saiu. O vidro sob as rodas da cadeira decompunha o sol da manhã nas sete cores do espectro, feito uma bolha de sabão. Mumei começou a deslizar suavemente sobre o vidro como se fosse um atleta da patinação no gelo. O console de comando lia precisamente a intenção de Mumei através da ponta de seus dedos, e a cadeira de rodas virava à direita ou parava quando ele queria. Durante o ensino fundamental, Mumei podia andar com as próprias pernas, mas só um pouco. À medida que foi crescendo, ficou mais difícil movimentá-las. Até permanecer em pé por um longo tempo tornou-se uma tarefa impossível. Outra vez ele se deu conta de que seu eu aos quinze anos já não conseguia andar, mas isso não o surpreendeu. Assim que sua vontade de avançar diagonalmente para direita se transmitiu do abdômen às pontas dos dedos, o console na extremidade do braço da cadeira respondeu à leve pressão, conduzindo a cadeira na direção desejada.

"Ah!" Mumei testou sua voz, vinda não das cordas vocais, mas de seu relógio de pulso. A voz era jovem e suave, mas confiável;

era terna, brilhante, cheia de vida. No entanto, sentia-se inseguro em relação a seus órgãos respiratórios. Muito em breve, talvez passasse a respirar através de uma máquina extracorpórea da qual dependeria para sobreviver. Se a cadeira de rodas tombasse, o que seria da máquina? Ficaria em uma situação bastante desagradável caso se tornasse necessário um acompanhante vinte e quatro horas por dia. Mumei gostava de sair sozinho para descer de propósito ladeiras íngremes até virar com a cadeira. Ele ficava caído, de papo para o ar, contemplando o céu. Por quanto tempo mais poderia desfrutar desses passeios temerários?

Não tinha nem um pouco de medo de ser arremessado quando a cadeira tombava. O vidro sobre o solo não quebrava com seu peso, e ele era tão hábil em se curvar para aguentar o impacto que jamais quebrara osso algum. Se a cadeira virasse, um alarme automático notificaria a Brigada Feminina de Resgate, formada por jovens idosas que viriam ajudá-lo. Enquanto as esperava, refletia sobre a alegria de ser arremessado sobre a superfície da Terra. A gravidade puxava-o com teimosia, por isso Mumei não conseguia se lançar ao espaço sideral. Olhando o céu, ele respirava compassadamente. Não tinha preocupações. A geração de Mumei vinha equipada contra o pessimismo. Como sempre, os idosos é que eram dignos de pena. O corpo de Yoshirô, que completara cento e quinze anos, ainda era robusto: todas as manhãs ele alugava um cachorro para correr; espremia laranjas para Mumei, picava legumes; vagava pelo mercado com a mochila nas costas, retirava com uma flanela úmida, mas bem torcida, o pó da cômoda ou do beiral da janela. Ele ainda escrevia cartões-postais para a filha; lavava à mão as roupas íntimas, deixadas de molho dentro de uma bacia, e à noite pegava a caixa de costura e confeccionava as roupas estilosas do bisneto. Se lhe perguntassem por que trabalhava sem descanso, responderia que, se permanecesse desocupado, as lágrimas não cessariam.

Mumei retirou do bolso na altura do peito uma passagem fina e comprida, com a figura impressa de um grande transatlântico. Observou-a. Como havia dado um salto no tempo, não sabia ao certo por que estava com aquela passagem, embora ela fosse de algum modo familiar. Fechou os olhos e acalmou a respiração, tentando se lembrar. Logo, a memória do futuro começou a emergir vagamente. Ele, que fora escolhido como "emissário", estava prestes a viajar clandestinamente para Madras, na Índia. Lá havia um instituto internacional de pesquisas médicas que o aguardava. Informações referentes ao seu estado de saúde seriam usadas em pesquisas médicas que poderiam ser úteis para pessoas de todo o mundo. Talvez também servissem para prolongar a vida do próprio Mumei.

Foi o próprio professor Yonatani, responsável pela turma de Mumei na época do ensino fundamental, quem o indicou como emissário. Esse professor, do qual não tinha notícias havia muito tempo, um dia o visitou em casa quando Mumei estava com quinze anos, surpreendendo não apenas o menino, mas também Yoshirô. Depois de conversarem a três por certo tempo, o professor convidou Mumei para uma refeição a sós. Sendo guiado até uma sala reservada, sem janelas, num restaurante de alto nível especializado em pratos à base de nozes, conversaram cara a cara por três horas. Primeiro, o professor contou-lhe sobre seu próprio nascimento e sua infância.

O pai do professor Yonatani, cujo sobrenome era Jonathan, tinha desaparecido logo após o casamento. Embora sua mãe gostasse do sobrenome a ponto de desejar preservá-lo como seu, numa época em que se era vigiado apenas por ter parentes não japoneses, o sobrenome Jonathan a deixaria em posição desfavorável. Na realidade, ela tinha a sensação de estar sendo vigiada. Sua casa fora invadida algumas vezes e, embora nada tivesse sido furtado, a polícia a vinha investigar. Por essa razão, ela mudou o sobrenome estrangeiro para "Yonatani", escrito com ideogramas japoneses, e criou o filho sozinha, protegendo-o com seus braços fortes, sem nunca tecer qualquer comentário sobre seu pai.

Depois de ouvir isso e observar melhor o rosto do professor, Mumei de repente notou pela primeira vez traços que até então lhe haviam passado despercebidos. No espaço entre os olhos havia uma saliência de onde emergia o proeminente nariz. O espaço entre sobrancelhas e olhos era fundo, os ossos malares não sobressaíam, o rosto era alongado e fino; as bochechas, cavadas e o queixo, comprido.

Foi nessa ocasião que Mumei ouviu pela primeira vez a palavra "emissário". Em voz baixa, Yonatani explicou que, embora o envio de emissários ao exterior não pudesse ser divulgado, não se tratava de uma ação proibida a ponto de ser considerada um crime, não havendo, portanto, o que temer. Houve casos de pessoas que, viajando de forma clandestina para o exterior, tinham sido descobertas e detidas por alguns dias. No entanto elas acabaram sendo liberadas sem punição. De acordo com a versão oficial do governo, o isolamento servia para inibir a divulgação pública de ideologias internacionalistas, que visavam à abertura do país, sem restringir juridicamente a liberdade individual de viajar. Mesmo que isso fosse verdade, a política governamental podia mudar da noite para o dia. Uma pessoa poderia ser condenada à prisão perpétua por algo que, na semana anterior, ninguém notaria. Era por isso que os membros da Associação de Emissários da qual Yonatani fazia parte estavam empenhados em encontrar um candidato adequado para enviar de imediato ao exterior, antes que o governo mudasse de ideia. Isso permitiria pesquisar minuciosamente o estado de saúde das crianças japonesas, fornecendo dados que poderiam ser usados como referência em casos semelhantes, eventualmente surgidos no exterior. Já era evidente que só se podia pensar no futuro de uma perspectiva global, seguindo a curvatura desta Terra redonda. Ainda que parecesse grandiosa, a política de isolamento não passava, afinal, de um castelo de areia. Era possível destruí-la aos poucos, mesmo com pás de brinquedo. Para isso, a Associação de Emissários planejava iniciar o processo no âmbito privado, enviando jovens promissores ao exterior, um após o outro.

A Associação de Emissários era desconhecida do grande público: não havia boletins informativos nem encontros que reunissem todos os membros. No máximo, três ou quatro pessoas se juntavam para conversar na casa de alguém. Tampouco havia taxas ou carteirinhas para filiados. A sede da associação ficava na estreita ilha de Shikoku, espalhada por oitenta e oito pontos distintos, o que dificultava a localização exata. Mumei perguntou se existia alguma forma de identificar os associados, ao que Yonatani respondeu negativamente. No entanto, havia um pequeno ritual realizado pelos membros para reafirmar seu sentido de pertencimento. Todos se levantavam antes do amanhecer e acendiam uma vela para atravessar a escuridão antes de começar a trabalhar. A vela devia ter exatamente cinco centímetros de diâmetro e dez de altura.

Conforme a instrução dada por Yonatani, bastaria a Mumei ir, no dia certo, na hora determinada, até o cais do porto de Yokohama, onde haveria uma placa com os dizeres "Terminal de Viagem Internacional". Ali um barco da Polícia de Fronteiras pintado com uma linha verde estaria esperando por ele. Dessa embarcação desceria um homem uniformizado e Mumei deveria mostrar a passagem a ele. O homem lhe diria algo como "por enquanto, suba a bordo deste barco", Mumei embarcaria sem hesitar e, quando atingissem o mar aberto, ele seria transferido para um navio estrangeiro. Certo de que, entre todos os seus alunos, não havia ninguém melhor que Mumei para se tornar emissário, Yonatani tinha acompanhado de longe, por meio de informantes, o percurso do garoto após o ensino fundamental.

Julgando que aos quinze anos Mumei já tinha maturidade mental suficiente para a missão, e sabendo que em breve o jovem precisaria de uma máquina para respirar, Yonatani decidiu abordá-lo. Claro que Mumei poderia recusar ou pedir mais tempo, explicou Yonatani, com veias saltadas sobre as têmporas.

— Entendi. Vou imediatamente.

A voz de Mumei, que nunca mudaria, ressoou alta e clara.

Na volta para casa, depois de combinarem um novo encontro para o dia seguinte no mesmo restaurante, Mumei se sentiu inseguro ao lembrar do bisavô. Ele tinha a sensação de que, com o passar do tempo, o vínculo entre os dois foi ficando mais íntimo. Até a memória dos incidentes ocorridos durante o período em que Mumei havia saltado no tempo voltava seguidamente em fragmentos. Por exemplo, a Liga de Prata: como ela ficaria caso ele se ausentasse? Fazia mais ou menos três anos que o cabelo de Mumei perdera a cor, tornando-se branco da noite para o dia. Olhando-se no espelho quando a mudança se deu, Mumei tentou fazer Yoshirô rir, dizendo:

— Agora parecemos gêmeos, nosso cabelo é da mesma cor.

Mas o bisavô chorou, abraçando Mumei junto ao peito, enquanto acariciava suavemente seus cabelos.

— Bisavô, vamos formar uma Liga de Prata, só nós dois. Nossos cabelos vão funcionar como a carteirinha de sócio. Por mais de meio século você viveu bem com os cabelos brancos, então também vou viver, pelo menos pelos próximos cinquenta anos — disse Mumei prontamente. Como que por milagre, as lágrimas de Yoshirô cessaram, e um sorriso prateado brilhou no canto de seus olhos.

Muito tempo antes, a sra. Nemoto da casa ao lado, um dia, de repente, mudou-se para algum lugar desconhecido, levando

Suiren. Embora fosse criança, Mumei percebeu que, a certa altura, o bisavô tinha se apaixonado por aquela mulher. A sra. Nemoto não deixou endereço e nunca mais entrou em contato com eles depois de se mudar. O rosto de Yoshirô ficou sombrio algum tempo, e Mumei tinha a impressão de que o ouvira dizer algo como:

— Certamente as circunstâncias a forçaram a se esconder. Sentirei saudades, mas ainda tenho você.

As costas cansadas de Yoshirô pouco a pouco voltaram a se endireitar e a cor retornou às suas faces. Longe da pequena Suiren, Mumei também se sentiu triste, com uma espécie de vazio no peito, mas aos poucos foi superando a falta da menina; abrindo os dedos deixou se esvair a dor que lhe queimava a palma da mão. Talvez mesmo sem entender a partida das vizinhas, ele tivesse aceitado as circunstâncias como uma teia de aranha que nos enreda.

***

Naquela manhã, quando Mumei, ainda no segundo ano do ensino fundamental, tomou conhecimento de Suiren pela primeira vez, Yoshirô, depois de deixar o bisneto na escola, voltou para casa empurrando o guidão da bicicleta como os chifres de um búfalo teimoso. O sol batia com raiva em sua testa, rasgava o véu de finas nuvens. Yoshirô sentia o incômodo de todas as coisas que atingiam seus olhos, e até os inocentes postes de luz pareciam provocá-lo, cobrindo desnecessariamente a paisagem com traços verticais. Algum grande erro do passado, que ora ele parecia lembrar, ora parecia esquecer, dilacerava-lhe o peito por dentro. Esse erro mortal decerto levara todos à prisão, e os postes do telégrafo eram grades na janelas, dizendo a ele todas as manhãs que jamais alcançaria a terra mágica que existia do outro lado. Como seria bom deixar o neto com a filha, o bisneto com o neto, e poder voar além daquele céu… Não era esperança, mas raiva. Para que o ódio não explodisse seu coração, Yoshirô abriu a boca e riu o mais alto que pôde, contudo, não conseguiu se aliviar.

Antigamente, em uma época tranquila, assim que o sinal mudava de vermelho para verde todos os pedestres começavam a andar ao mesmo tempo. Chamavam de "azul" a luz verde. Azul era a cor dos vegetais frescos e dos densos matagais. Às vezes até o domingo era considerado azul. Não verde. Azul. Índigo. O mar azul, a pradaria azul, o céu azul. Não se usava o termo "verde" como sinônimo de ecológico, não poluente, sustentável, ambientalmente responsável… A política "verde" é mais "limpa"? Claro que não. "Limpeza" evocava desinfetantes, antissépticos, produtos químicos para matar os germes considerados inferiores aos humanos. Os fiscais ambientais que invocavam cegamente a legislação não passavam de "burrocratas". Yoshirô queria amassar toda a papelada deles, fazer uma bola e a jogar no lixo. Seu bisneto desejava fazer um piquenique no campo, mas isso estava proibido. Não poder realizar nem mesmo esse modesto sonho era culpa de quem? Os piqueniques poluíam os campos? O que mais seria proibido? Riqueza, prestígio, nada disso vale uma folha de grama. Ouçam, ouçam, ouçam, limpem a cera do ouvido, joguem fora essas desculpas, prestem atenção!

Nesse momento, uma pedrinha imprevista lançada pela roda dianteira da bicicleta ricocheteou e acertou a canela de Yoshirô. Que dor! "Merda, merda, merda", ele quis xingar em voz alta, mas se conteve, engolindo em seco. Quando se deu conta de que não era preciso, pois estava sem Mumei, a vontade de xingar já tinha passado. Yoshirô percebeu que ele próprio tinha pavio curto e inclinação para dizer imundícies. Sem Mumei, toda sua vida federia a podridão.

Ao chegar a seu destino, viu a casa da vizinha nitidamente recortada contra o céu. Tentou circundá-la por trás, mas as cortinas estavam totalmente fechadas. Então desistiu, foi para a própria casa, entrou e se sentou na cadeira dobrável para continuar a escrever seu romance. Foi quando ouviu o som perturbador de asas batendo do lado de fora. Imaginando se tratar de um pombo-correio, levantou-se para abrir a janela. Uma sombra preta atravessou o quintal. Afobado, ainda descalço, ele correu para fora. Exatamente conforme fora treinado, o pombo, que voava apenas enquanto havia luz, deu três voltas na casa de Yoshirô e aterrissou na porta da frente. Os olhos da ave, brilhantes como pérolas negras, eram assustadores. Yoshirô tirou o papel de dentro do pequeno cilindro dourado preso à perna do pássaro, desenrolou-o e leu. Nele estava escrito que Mumei perdera a consciência durante a aula e que naquele momento estava recebendo cuidados médicos.

***

Mumei, agora com quinze anos, viu outra cadeira de rodas se aproximando à sua frente. Nela estava sentada uma menina mais ou menos da mesma idade que ele, com cabelos prateados e brilhantes. Pensando em convidá-la para integrar a Liga de Prata, ele sorriu para ela o sorriso mais doce que conseguiu. A menina parou diante dele e, piscando, fitou-o com olhos inquisitivos. Mumei se aproximou, veloz como um caracol. À medida que chegava perto, o rosto da menina se tornava mais e mais misterioso. A distância entre suas pupilas era maior que a de pessoas comuns. E os olhos, aparentemente negros, assumiam um brilho azul conforme o ângulo de incidência da luz solar. Percebendo que ela olhava para sua barriga, Mumei baixou os olhos rapidamente. Nada parecia fora do normal, embora, mesmo sem ver, Mumei tivesse a sensação de que, sob roupas folgadas, ele trazia sobre o colo uma bola morna e invisível.

Assim que passou pela menina, Mumei reposicionou a cadeira de rodas de modo que ficasse perfeitamente paralela à dela. Ele julgava que, de frente um para o outro, estariam muito distantes para conversar. A menina então disse:

— Há quanto tempo!

O quê? Mumei espichou o pescoço e virou a cabeça para o lado a fim de olhar a garota de frente. Ela fez o mesmo e, assim que ficaram cara a cara, Mumei sentiu como se estivesse sendo sugado pelo espaço entre os olhos dela.

— É a menina que morava na casa ao lado!

— Lembra de mim?

— Você sumiu de repente, me perguntei o que teria acontecido...

— Tivemos problemas...

Breve pausa.

— Tem tempo agora? Vamos até a praia?

Suiren concordou. Os dois impulsionaram as cadeiras lado a lado pela superfície envidraçada. Na cabeça de Mumei, perguntas surgiam e desapareciam: *Por que o oceano está tão perto? A ilha de Honshu tinha ficado assim estreita?* Quando uma ladeira íngreme apareceu à direita, Mumei acelerou e desceu direto, sem pisar no freio. Assim que a cadeira afundou na areia quente, tombou de lado, arremessando o rapaz. Com a respiração ofegante, caído na praia, ele gritou para a menina, que ainda se encontrava alguns metros acima:

— Experimente você também!

A cadeira de rodas de Suiren foi descendo ladeira abaixo, ganhando velocidade. Assim que as rodas encontraram a areia, Suiren jogou o peso para o lado, caindo bem junto de Mumei. As ondas do mar quebraram várias vezes perto deles até que a respiração dos dois voltasse ao normal.

— Se eu cruzar o oceano, você me acompanha? — Suiren perguntou. Mumei ficou surpreso e não conseguiu responder imediatamente.

— Achei que você tivesse tanta curiosidade quanto eu. Será que me enganei? Você está assustado. Não importa, vou sozinha — disse ela, franzindo as sobrancelhas.

Sem tardar, Mumei respondeu:

— Claro, eu vou junto. Mas...

Pela primeira vez Mumei agiu estrategicamente. Enterrou na areia a frase "Na verdade, eu também pretendia ir ao exterior sozinho". Silenciar a esse respeito faria Suiren pensar que ele estava disposto a abandonar tudo por ela.

A areia quente cheirava a algas marinhas, e o ar úmido, que grudava na pele misturado ao suor, ao tocar seus lábios, tinha gosto de sal. As ondas pareciam próximas, mas erguendo a cabeça eles viram que o mar se encontrava mais longe do que supunham. A consciência de Mumei viajou para a parte inferior do seu corpo. No momento em que alcançou a virilha, aquecida por baixo pela areia, seu coração parou de bater. Algo mudava entre as suas coxas. Ele estava se tornando mulher. A areia grudada na testa de Suiren, feita de conchas quebradas, cintilava. Será que ela ainda era mulher? Ou já se tornara homem? Tinha um belo rosto de mulher, mas hoje há vários homens assim. Franzindo ligeiramente sobrancelhas e lábios, Suiren olhou para Mumei com uma expressão convidativa. A fim de ver melhor os lábios da amiga, que emitiam palavras inaudíveis, Mumei tentou erguer o tronco, mas seu corpo ficou encalhado na areia, incapaz de se mover. Ele tentou se levantar empurrando os ombros alternadamente. Então viu Suiren já sentada, as costas eretas. O rosto da menina cobriu o céu de Mumei. O espaço entre seus olhos aumentara. Olho direito, olho esquerdo. Ambos ficaram borrados, crescendo rapidamente. Lado a lado, as duas grandes manchas na verdade já não eram olhos, e sim pulmões. Não, não eram pulmões, mas duas favas gigantes. Favas não, eram rostos humanos. À esquerda, estava o rosto do professor Yonatani; à direita, o de Yoshirô. A preocupação os desfigurara. Mumei tentou falar "Estou bem, acabei de ter um sonho muito bom", mas a língua não se movia. Queria ao menos sorrir para acalmá-los. Era isso que ele pensava quando a escuridão, usando luvas, alcançou a parte posterior de sua cabeça e agarrou seu cérebro, precipitando Mumei nas profundezas negras do estreito.

*Este livro foi publicado com o
apoio da Japan Foundation.*

Kentoushi © Yoko Tawada, 2017
Primeira publicação no Japão, 2014, por Kodansha Ltd., Tóquio.
Direitos de publicação para a edição brasileira adquiridos
mediante acordo com Kodansha Ltd., Tóquio.

Todos os direitos desta edição reservados à Todavia.

Grafia atualizada segundo o Acordo Ortográfico da Língua
Portuguesa de 1990, que entrou em vigor no Brasil em 2009.

tradutores
Satomi Takano Kitahara (coord.)
Daniel Leal, Elisa Figueira de Souza Corrêa, Elisa Massae Sasaki,
José Luiz Martins Lessa, Maria Ester Reis Martins, Max Daniel Silveira
de Freitas, Moisés Arthur Paulino Polzin e Tiago Pereira do Rego

capa
Maria Carolina Sampaio
ilustração de capa
Juan Narowé
composição
Jussara Fino
preparação
Fabio Weintraub
revisão
Jane Pessoa
Gabriela Rocha

Dados Internacionais de Catalogação na Publicação (CIP)

Tawada, Yoko (1960-)
As últimas crianças de Tóquio / Yoko Tawada ; tradução
Satomi Takano Kitahara (coord.). — 1. ed. — São Paulo :
Todavia, 2023.

Título original: Kentoushi
ISBN 978-65-5692-459-5

1. Literatura japonesa. 2. Romance. 3. Distopia.
I. Kitahara, Satomi Takano. II. Título.

CDD 895.6

Índice para catálogo sistemático:
1. Literatura japonesa : Romance 895.6

Bruna Heller — Bibliotecária — CRB 10/2348

todavia
Rua Luís Anhaia, 44
05433.020 São Paulo SP
T. 55 11 3094 0500
www.todavialivros.com.br

fonte
Register*
papel
Pólen soft 80 g/m²
impressão
Geográfica